満月の夜に君を見つける

冬野夜空

スターツ出版株式会社

中学卒業後から高校へ入学するまでにあった空白の時期。

当時の僕の願いは、たったの一つきりだった。

「——もう誰一人、大切な人を失いたくない」

それが、全てを失った僕の、唯一の願望だった。

目次

満月の夜に君を見つける

プロローグ

——幸せとはどういうものなのだろう。

この疑問は、よく話題に挙げられるものだけれど、その答えを明確に出せる者はいない。

つまるところ、幸せを定義することが難しいのだ。

お金があることが幸せ、友人がいることが幸せ、恋人と一緒にいられる時間が幸せ、長生きできるのが幸せ……。

幸せだなんて、個々の感覚次第でしかない。

自分はとてつもなく不幸だと思っている人がいたとしても、自分よりも不幸な人間を見ると安堵《あんど》感を覚える。そうして少し救われる。

そう考えていくと、実際、不幸な人間と幸せな人間とは、その両極端の二人の人間しかいないのではないかと思ってしまう。

いくら不幸な人間だとしても、その先の人生で良いことが起これば、それは幸福と呼べるし、いくら幸福な人生だったとしても早死にしてしまえば意味が無い。

偉人には早死にが多いと言うけれど、そういったところで世界はバランスを取っているのかもしれない。

死んでみれば、人間の幸せの度数は皆同じくらいに調整されているのかもしれない。

ただ、生きていなければ幸せとは感じられないから、相対的に見て死とはやはり不幸なことだ。

そこで、仮に『生』そのものを幸福だと定義して考えてみる。

生きていて辛いという人は山ほどいるとは思うが、これはあくまで仮定だ。

もしも、この世界に、幸せになればなる程、生命が短くなっていく人間がいるとしたらどうだろう？

幸せになればなるほど、寿命が縮んでいくとしたら、どうするだろう？

生きることと、幸せでいること、どちらを選ぶのが正解だろうか？

——僕はそんなことを心中で問いながら、作品名『月と太陽』作者『水無月《みなづき》』と書かれた絵画を見つめていた。

第一章　透明のクラスメイト

僕の隣の席はいつも空席だ。

五人で一列の並びが六つ、計三十席ある教室の窓際の最後尾にその空席はあった。

現在は六月下旬。

ここ彩陽《さいよう》学園高等学校に入学してから、既に二カ月半もの月日が経っていた。

しかし、未だにその空席を埋める者は現れていない。

この空席には、幽霊が住み着いているだの、入院しているクラスメイトが退院してきた時の為に用意されている席だの、それっぽいまことしやかな噂《うわさ》が囁かれていたりもする。

僕もこの席に何か意味があると踏んでいる一人で、転校生用の席かな、なんて思っていた。

いかにも転校生が転入してきた時に、その転校生の座る席を確保しておく為に空けられているみたいで。

それに、僕の左隣にある空席を見て思ったんだ。普段から使われている教室に、誰も使っていない空席があるのは変だなって。

その『教室の空いている席』というのに僕は引っかかりを覚えた。

なぜ使われている教室に空席があるのかは分からない。そのクラスを担当する教師の管理が悪いのか、もしくは何らかの授業で席を余分に使う為に置かれているのかもしれない。

だとしても、小中高の学校の教室に空席があるのは珍しいことに変わりなく、空席が置かれている理由が明確じゃないなら、それが気になっても不思議ではない筈。

そして、僕のクラスには、そんな不自然に置かれた意味ありげな空席があった。しかも僕の隣の席にだ。それは気にもなる。

気になると同時に期待もしてしまう。

謎の転校生が編入してきて、僕の隣の空席を埋めるのではないかと。そんな淡い期待を抱いてしまう。

僕だって、そんな期待は妄想でしかなく現実的でないと分かっている。

しかし、だからといって、期待しない理由にはならないと思う。

明らかに不自然に置かれた空席だ。転校生と言わないまでも何か特別な意味があってほしい。

そんな期待は入学してから一週間もしないうちに芽生えていた。

この二カ月半の間で一度席替えが行われたけれど、その空席は場所を固定して行われたから、空席の場所が変わることはなかった。ちなみに僕は奇跡的な運を酷使し、再度空席の隣をくじで引き当てている。これぞ運命だと、更に僕の空席への期待が増したのは言わずとも分かると思う。

僕は二カ月余りの時間を使い、期待と妄想をし続け、それを形に残していった。

具体的には、僕の唯一の趣味と言える絵画で妄想を形にした。

入学してからの二カ月半、空席をいつか埋めるであろう人物を想像し、空想し、一日一人隣席のクラスメイトを描き続けた。最初は朝陽に照らされ、凛《りん》とした長い黒髪を靡《なび》かせた大和撫子《やまとなでしこ》のような女性をイメージして描いた覚えがある。それからは、髪を短くしたり結えたり、髪色を変えたり、表情を変えたりと様々な人を描いた。

自画自賛にはなってしまうけれど、僕の絵は客観視してもなかなかの出来だと思う。

しかしながら僕の絵には欠点があった。

幼少期から絵を描いている僕だけれど、絵画には欠かせないものである色鉛筆や絵の具、水彩絵の具などの、絵に色を付け、絵を彩る道具を一切使えないのだ。

それらの道具を使うと幼稚園児が描くような稚拙な絵になってしまうし、一番描き慣れていそうな色鉛筆でさえ、使うと絵の出来が淡泊になってしまって深みが出ない。

それは練習しても上達することはなく、いつの間にか色を付けること自体を僕は諦めてしまっていた。

それからは色々な濃さの鉛筆を使い分け、鉛筆なりに手本とした風景そのままの色を再現できるように努力を重ねている。

だけれど、やはりと言うべきか、鉛筆の濃さだけで赤や青といった色を再現することは、かなりの難問だった。

今となっては、見る人が見ればある程度は色の判別できるくらいになったけれど、素人が見れば白黒の綺麗《きれい》な絵という感想に留まってしまうと思う。

だからこそ、僕は画力の向上も兼ねて毎日空想上のクラスメイトを描く。

それは、空想の世界、絵の世界を超えることはないと思われた。

しかし僕は、まだ見ぬクラスメイトを思い、少しの期待を胸に、描き続けた。

そして、ついに、満を持して。

僕の妄想もとい願望は叶《かな》うこととなったのだ。

梅雨らしい天候が続く中、気まぐれのように晴れた六月の最終日、六月三十日。

ある一人の少女が、クラスの欠けたラストピースを、僕の隣の空席を――埋めたのである。

そう。

例の空席には、確かな意味があったのだ。


「また明日ね」

「うん、バイバイ」

帰りのホームルームが終わってから、約一時間。

教室が僕だけの空間になった瞬間だった。

クラスメイトであろう女子二人は長い雑談を終え、ようやく教室から出て行った。

はて、一時間余りも雑談が続くなんてどれだけの情報を持ち話題提供力があるんだろうか。何か面接でもやらせておけば必中に違いない。

そうは言うけれど、さっきの二人を僕は知らない。本当に友達同士なのかということも知らない。ただ、教室で別れて帰り道を一緒にしないあたり、実はあまり仲良くないんじゃないかと愚考してみただけだ。

まあ、きっとお互いに部活なりアルバイトなり何かしらの予定があるんだとは思うけど。

そもそも僕は、クラスメイトのほとんどを把握していないのだから他人の交友関係など知っている筈がない。

入学してから約二カ月半。既にクラス内では慣れ合うグループみたいなものができていて、カースト制のように教室という一つの格差社会が形成され始めている。

一部の人間は自身を良く魅せようと身なりを派手にし僕には理解の及ばない威厳を保とうとする。また他の一部は派手な人達に支配されぬようにと気の弱い者同士で群れ、これもまた僕には理解の及ばない自信を保とうとする。

　こうして、入学してから着々と格差は広がっていく。学校とは実際、とても厳しい世界だったんだ。恐怖すら感じる。

　しかし、酷く他人事ではあるけれど、僕にとってそんなことはどうでも良かった。なぜなら僕はそのカースト制から例外に位置するからだ。僕は他人に干渉しないし、他人も僕に関わろうとしない。

　いわゆる、ぼっちと呼ばれる人種なのだ。いや、厳密にはぼっちと言うよりは孤独と言った方が正しいかもしれない。

　それに、わけあって僕には中学生から高校生になる間に一年間の空白がある。周りのクラスメイトと比べると年齢的には一つ年上ということになってしまう。そのこともあり僕の孤立具合には拍車がかかっていた。また、僕の趣味である絵を描くという行為が、周囲の人間と壁を作ってもいた。

　ただ、そんな僕でも存在を認識している人物くらいはいる。クラスの委員長である『みずきさん』とか、美術室の鍵を借りる際に接することのある担任の向井《むかい》先生とか。

　でも今までがその人らとほとんど関わらずにいただけに、これからもそうなんだろう。

　さて、教室がやっと僕だけの空間になったのだし、早く絵を完成させよう。

休み時間や授業中の空いた時間だけでは描き終えられなかったから、こうして放課後も居残り、趣味に興じる。

これは、学生が帰り道で友人と遊んだりすることと何も変わらないことだ。

今日描いている絵は、慣れない日本の授業に真剣に取り組む金髪の留学生という設定だ。しかし金髪といっても鉛筆のみで描いているのだ、果たして金髪だと分かってくれる人がどれだけいるんだろうか。まあ誰に見せるわけでもないから気にする必要はないかもしれないけれど。


「んーっ」

同じ体勢で長時間座っていたせいで固まってしまった体を伸ばしていると、そんな抜けた声が出た。

絵の出来は上々。もう完成だと言ってもいいくらいまで進んでいる。

あとは、濃い鉛筆で全体の色の強弱をつければ完成だ。

さっきまで残っていたクラスメイトが教室から出ていってから三十分が経過し、教室の時計の短針は地面と垂直に、真下を指している。

念の為に携帯電話でも時間を確認するが、六月三十日の午後六時の表示。

ああ、またやってしまった。

この時間帯からは首都圏近郊ということで帰宅ラッシュがあり、帰りの電車が満員状態になってしまう。その為いつもはもう少し早く帰路に着くようにしているのだけれど、絵に集中していると偶にこうなってしまう。

満員電車となると、帰るのが億劫だ。いっそこのまま学校に泊まってしまいたい。どうせ帰宅しても誰もいないのだから。

窓の外に窺《うかが》える西日と同じように、気持ちを沈ませながらそんな思いに耽《ふけ》っていると、教室のドアが唐突に開かれた。

黒髪を高い位置に一つに結わいた少女が息を切らしながら教室に入ってきた。

その少女は黒板を見るや否や、開口一番に「はぁはぁ、やっぱり忘れてたー」と言い、白のチョークで多量の文字が書かれた黒板へと向かっていった。

きっと日直か何かの、黒板を綺麗にしておくという仕事を忘れていたんだろう。

僕はてっきり放課後だというのに黒板が文字で埋め尽くされているのは、今日の日直がサボタージュでもしたのかと思っていた。

けれどそんな想像とは違い、最終下校時刻間近であるのにも関わらず、忘れていた仕事をする為に教室に戻ってくるなんて律儀なものだなと感心する。

そして、僕は目の前のポニーテールに見覚えがあるみたいだった。

ぱっちりとした瞳が印象的で、しなやかで健康的な体形、そして弾ける笑顔が見える度に揺れ動く黒のポニーテール。彼女こそが『みずきさん』だ。

その名前が下の名前なのか、上の名前なのかは知らないけれど、僕のクラスで委員長を務めているということは知っている。律儀でありながらも、仕事を忘れているあたり、まさにおっちょこちょい委員長だ。

みずきさんはそそくさと黒板に向かっていくけれど、その途中、視界の端に何か捉えたのか僕の方へ振り向いてきた。どうやら僕の存在に気づいたようだ。

「あ……えーっと、まだ残ってたんだね」

前言撤回。僕の予想とは裏腹に早速関わりを持ってしまいそうだった。

しかし、まさか僕に業務連絡以外でコミュニケーションを試みるとは、驚いた。

僕に話しかけてくるなんてどこまでも気さくな人だ。律儀でおっちょこちょいで気さくな委員長。何て忙しい人なんだろう。

「うん、まあね」

「そっか。ところでさ、さっきの見てた……？」

しかし、みずきさんの様子は少しおかしい。学校指定のバッグで顔の下半分を隠し、妙にモジモジしている。

「さっきのって、急いで教室に入ってきた時のこと？」

そう聞いてみると、隠れていないみずきさんの丸い大きな瞳はかなり泳いだ。少し覗《のぞ》く頬は夕陽の光も相俟《あいま》ってかなり紅い。

きっと羞恥からの紅潮だろうが、恥ずかしがる理由が僕には見当たらなかった。

「見なかったことにしてね、本宮《もとみや》くん」

「何を見なかったことにすればいいんだ？」

「私、かなり急いで走ってきたから、そのー、スカートとか捲《まく》れてたんじゃないかなあって」

ああ、そういうことか。

「大丈夫、下着とか見えてなかったと思うから」

「なっ！　バカ、下着とか言わないでっ！」

さらに顔を赤くして、今度は少しの怒気もこもっている。持っているバッグでも投げてきそうな勢いだ。

デリカシーの欠片もないことは謝罪する。

しかし、人と会話すること自体が久し振りなのだから勘弁してほしい。

……ってちょっと待てよ。さっき、みずきさん、僕の名前を呼ばなかったか。

確か、本宮くん、と。

「さっき、僕の名前呼ばなかった？」

「え、うん、本宮くんでしょ？　それがどうしたの」

「何で僕の名前知っているんだ？」

僕の名前といったら、入学当初の自己紹介の時くらいでしか名乗っていない筈だ。

「なんでって、そりゃクラスメイトだし当たり前だよ」

みずきさんは口元に手を当てながら優しい苦笑を見せ、そう言った。

それが当たり前なら、僕はどうなるんだろう。

「本宮くんってみんなと全然話さないから、どんな人なんだろってずっと気になってたんだよね。まあ今日が話すの初めてってわけじゃないんだけど……」

正直な話、僕のことを少しでも気にしてくれている人がいたなんて驚きだった。なんというか、いちクラスメイトとして冥利に尽きる。

でも、過去にみずきさんと話した記憶は僕には無かった。

「僕は気にかけてもらう程の人間じゃない。友達もいないし、根暗だし。それに、僕と関わると不幸になるんだ」

僕は疫病神だから。だから僕には関わっちゃいけないんだ。語尾に小さくそう付け足した。

僕の言葉を聞いたみずきさんは、苦虫でも噛《か》み潰《つぶ》したような渋い表情をした。どこか、悲しむような表情でもあった。

しかし、即座に表情を一変させ、何事も無かったかのように、次には真面目な面持ちで僕にとっては予想外な言葉を放った。

「でも絵は上手」

「は？」

「いつも休み時間とか描いてるでしょ。前に、机の上に置いてあった絵を見ちゃってね、すっごくびっくりしたよ。凄く綺麗な絵を描くんだなぁって」

いつの間にか見られていたらしい。人に自分の絵が見られるというのは恥ずかしいと感じることのようだ。

「今描いてるのも絵だよね？　良ければ見せてよ！」

そんな笑顔で迫られると断れるものも断れない。コミュニケーションに慣れている女性はこれだから怖いんだ。

一番後ろの席に座っている僕と、黒板の前に立つみずきさん。かなりの距離間で会話していたことに今更気づいたけれど、きっとこの距離があったからこそ、僕は彼女とまともに会話できたんだろう。

何せ僕は人と関わらずにいるんだ。もちろん異性への免疫なんて毛程もない。それに、彼女の魅力には破壊力がありすぎる。大勢の人に支持され、クラスの委員長になったことも頷《うなず》ける。委員長らしからぬドジなところは愛嬌《あいきょう》として、更に人気を呼ぶんだろう。

そんなみずきさんは僕の返事など聞かずにこちらへ近づき、僕の前にある席の背もたれを抱えるようにして座った。

どうせ断れないのだから絵を見せるのはいいけれど、こう近づかれると困ってしまう。

「人に見せるような物でもないけど、それでも良ければ」

僕の返答を聞いたみずきさんは更に笑顔を咲かせる。

「まだ完成してないから、そこは目を瞑《つむ》ってほしいかな」

そう注釈して保険をかけ、目の前で手を伸ばし待っているクラスの委員長に描いた絵を渡す。

手を出して待っている姿が小動物のように可愛らしく思えたから、少し焦らそうかと考えたことは内緒にしておこう。

「おお！　すっごい綺麗な絵！　これで完成じゃないの？　この金髪の女性は誰がモデル？　背景はこの教室だよね？」

途端、質問攻めに遭った。しかし、その中に僕にとっては聞き捨てならない言葉が含まれていた。

みずきさんは、この鉛筆だけで描かれた絵の中の人物を見て、即座に金髪だと言ったんだ。

それは、僕の狙い通りの出来に絵が仕上がっているということであり、その他者からの評価に満足感はある。けれど、同時に絵画の素人と思しきみずきさんに僕の絵の色が見えたことにも驚きを覚えた。

「今、金髪って……」

「ん？　ああ私には何でかそう見えたんだよね。どうしてだろ、鉛筆で描かれた絵なのに不思議だね。それよりさ、何をモデルにして描いたの？」

やはり、みずきさんは僕の絵の『色』が見えたみたいだ。

みずきさんが絵を描く人なのか、それとも絵画に関しての才能を秘めているのかは分からない。しかし、どちらにしろ僕はお天道様に苦言を呈したくなる。天は二物を与えず、なのではないかと。容姿に、交友関係に、才能、それらを全て備えている人間がいるということは、この世界は全く以て平等にできていないものだなと思ってしまう。

「モデルはこの空席だよ」

「あ！　本宮くんの隣の席の！　でも、この女性は誰？　まさか、隣にいる本宮くんにしか見えないオバケのクラスメイトとか！」

オバケとは、あながち間違いではないかもしれない。

「まあそんな感じ。さすがにオバケってわけではないんだけど、クラスに空席があるなんて不自然だと思ったから、本当は誰か座るべき人がいるんじゃないかなって、空想して『透明のクラスメイト』を描いているんだよ」

勢いでつい口走っていらぬ事を言ってしまった感は否めないけれど、我ながら透明のクラスメイトとは言い得て妙だ。

「へぇ、なんかロマンチックだね。でも、確かに転校生とか来てくれたら楽しそうかも！」

みずきさんは感心しながら、まだ見ぬクラスメイトに思いを膨らませる。

しかし、

「でも、絵描いてるだけじゃ友達できないよ！」

僕のクラスの委員長はそんなことも言ってきた。いらぬお節介だ。

「端から友達なんて僕にはできないよ。こんなに人を避けているのに」

そうだ、僕はここ三年間、人と関わらずに生きてきたんだ。

いや、正しくは人と関わらないように生きてきた。

だって僕と深く関わった人はみんな不幸に……。

「なら、私が本宮くんに関わる。友達になるよ」

真剣な眼差しで彼女は僕に言った。

どうして彼女はこんなにも僕に関わってこようとするんだろう。ただのお節介か？

それとも僕が自意識過剰なんだろうか。

クラスの人気者からのありがたくも身に余る誘いであっても、しかしそれが『僕が他人に関わるという内容』であるなら素直には頷けない。

僕に面と向かっていたみずきさんは、放った言葉に今更恥ずかしくなったのか、視線を逸らしながら僕の言葉を待っている。

おそらく、みずきさんは思考よりも行動や言葉が先に出るタイプなんだろう。

「僕みたいに孤立している人が珍しいという好奇心で言っているなら安易に近づかない方が良いよ」

「そんなんじゃないもん」

「好奇心が殺すのは猫だけじゃ済まないって話」

「むぅー。まあ今日のところは時間が遅いし、勘弁してやる。でも私は諦めないぞ！」

どうやらクラスの委員長は、クラスメイトが孤立しているのを容認してはくれないらしい。

「はいはい、帰り道は気をつけて」

僕は適当にあしらっておく。

「え、あ、うん。ありがとう」

「あと、本来の仕事を忘れずに」

「あぁ！　黒板！」

みずきさんは駆け足で黒板に向かうと、早々に白チョークの文字の羅列を消していった。

「私はそろそろ帰るね。本宮くんは絵を完成させてから帰るんでしょ？」

「そうだけど」

なぜ僕のスケジュールを知っているんだろう。

「そっかー、ならお絵描きガンバレ」

なっ。僕の今までの努力が『お絵描き』という、あたかも児童が描いた絵みたいに言われてしまった。屈辱だ。みずきさん、さっき僕の絵を見て綺麗な絵と言っただろうに。

「あ、あともう一つだけ！」

教室から出ていきかけていたみずきさんは再び戻ってくる。

まだ何かあるというのか。僕の絵を馬鹿にしておいて……。

「本宮くん、そんなんだから、クラスメイトの名前なんて覚えてないでしょ？　だから、最初の友達になる子の名前くらい覚えておいてよ」

それは果たして誰のことだろう？　僕に友達？　もしその僕の友達になるという人がみずきさんの事なら、僕は既にクラスの委員長として名前を覚えてしまっている。

だから、こう言ってやろう。

「私の名前は」

「さよなら、みずきさん」

そう名前を呼んでやった。これで下の名前だったらと考えると……いや、やめておこう。

教室の入り口に佇むみずきさんは驚愕《きょうがく》の表情を顔に張り付け硬直してしまっている。そんなに驚くことだったんだろうか。

それから数秒後。短い沈黙を経てみずきさんは満開の笑顔を咲かせてみせた。

「うん！　また明日ね！」

みずきさんはそう言うと、とても満足気に、とても嬉しそうに、リズミカルな足音をたてながら教室を離れていった。

「台風みたいな人だ」

一言、みずきさんに抱いた印象を口にしてみる。

突然現れ、僕の感情を荒らしてすぐさま去っていく。まさに台風ではないか。

常に話題の中心にいて、周りの人間に影響を与えている様は、台風の目といったところか。

ただ、他人と関わる際にはいつも挙動不審になってしまう僕でも、みずきさんとはそれ程気兼ねなく会話ができていたと思う。それこそが彼女の最大の魅力、人徳というものなのかもしれない。

もっとも、他人と極力関わらずに生活していく、という僕のポリシーからすると、警戒対象であることは、間違いなかった。これから更に関わってこようとするものなら、接し方を考えないといけなくなってくるかもしれない。

——キーンコーン。

聞き慣れた鐘の音で僕の思考は途切れた。

午後六時半、最終下校時刻を知らせる鐘だ。

そろそろ絵を完成させないと。学校の警備員の見回りが始まるまでには帰りたい。

そう思い、再び机に向かう。

再度僕一人となった教室内に立ち込める静寂に、いつもは気にならなくとも、さっきまでみずきさんと話していたという事実のせいで寂寥《せきりょう》感を覚えてしまう。

数年もの歳月を経て麻痺《まひ》していた僕の感情は、久々の他者とのコミュニケーションを介して寂しさという感情を思い出す。

いらない感情だった。そんなものは数年前に置いてきた筈なのに。

気持ちを切り替えようと頬を一度叩《たた》く。パシッという乾いた音と共に刺すような痛みが頬を刺激し、気持ちの切り替えに一役買う。

やる気スイッチを押したことで、鉛筆を手に取ろうと……、

「あれ？」

しかし、絵を完成させる為に必要な濃いめの鉛筆が一向に見当たらなかった。筆記用具入れにも、バッグの中にも、机の中にもない。

絵を描く時以外には使用しない鉛筆なだけに失くすことなどないと思っていたけれど、どうやらどこかに置いてきてしまったようだ。自宅にあるといいんだけど。

まあ、無い物は使えない。借りに行こう。

借りると言っても友達のいない僕にはその線はない。だから学校に借りるんだ。もっとも、仮に友達がいたとしても、最終下校時間を過ぎてすら居残っている友達や、普段使うことのないような濃さの鉛筆を持っている友達がいることに期待するのは、些《いささ》か厳しいものがあったと思うけれど。

再びバッグの中をあさり、鉛筆とは違うお目当ての物を発見すると、それを取り出して席を立つ。

僕以外の生徒は既に下校している筈だから、荷物などは全て置いたままでも平気だろう。僕は教室のドアを開け放ち、早足で目的地を目指すべく教室を出た。

僕の教室である一年三組は校舎の二階だから階段を経由して三階にある目的地まで行く。

この時間帯の学校を移動するのはなぜかワクワクしてしまう。警備員に見つからないようにしなくてはならないという軽い危機感や、放課後特有の廊下の暗がりが良い緊張感を出しているからなのかもしれない。

そんな冒険気分を味わっていると、程なくして三階の端にひっそりと佇《たたず》む教室の前に着いた。

僕は教室から持ってきた物を使い、施錠された眼前のドアを開ける。

自身のバッグから取り出し持ってきた目当ての物とは、この美術室の鍵だ。

何かと美術室を利用している僕は、美術の先生でもある担任教師の向井先生に毎度毎度鍵を貸してもらっていると、いつの日か美術室ごと鍵を預けられてしまった。

本校は美術部がないらしく、鍵はマスターキーがあるから大丈夫とのことだった。僕からしてみれば便利なことではあるけれど、果たして生徒に教室の鍵を預けることは許されることなのかどうか……。

美術室に入ると、心地良い油絵の具の匂いが鼻腔《びくう》を掠《かす》める。

早速、目的の鉛筆が置かれている場所へ行きたいのだけれど、室内に散乱する美術の専門用具が足場を無くし、移動を困難にする。

一見ゴミの山に見えるそれは、人によっては宝の山に見えることだろう。ほとんどが向井先生の私物らしい。

美術の授業は各教室で行われる為、この美術室は用途を失い物置きと化している。逆に言えば、物置きと化したせいで美術室としての役割を全うできなくなったのかもしれないが。

やっとの思いで絵画に使う用具が置かれた机に移動し、必要な濃さの鉛筆を取り出す。

そこで、その鉛筆の芯が折れていることに気づき、鉛筆削りを探すも、夕陽の明かりだけが頼りのこの空間では場所を把握していない物を探すのは難しい。この多量な物が置かれた美術室から探し物をするなんて事は骨が折れるどころの話ではない。

そういう時は即座に見切りをつけ、時間を有効に使うべきだ。

教室に戻ったら鋏《はさみ》で鉛筆を削ろう、おそらく鉛筆削りを見つけるよりはそちらの方がずっと早い。そう思い立った僕は早足で教室へと戻った。

来た道を戻り教室の扉の前に着いたのだけれど、そこで些細《ささい》な違和感を覚えた。

普段の僕なら何にも気づかず教室に入っていたと思う。

ただ、今日の僕はいつもより少しだけ冴《さ》えていたのかもしれない。

違和感の正体は教室のドアにあった。隙間無く閉められたドア。それが違和感の正体だった。

僕は美術室に向かおうと教室を出て行く時、確かにドアを開けっ放しにしていった筈だ。けれど、目の前のドアは僕のいく手を阻むようにしてきっちりしっかり閉まっている。

警備員の見回りの際に閉められたものかと考えたけれど、見回りにしては時間が早すぎる。

先程のみずきさんみたいに教室に戻ってきた人がいたのだろうか。

「……っ」

と、その時、教室内から蚊の声程の嗚咽《おえつ》のようなものが微かに聞こえてきた。

ドアにつけられた四角の窓から室内を覗き込むと、机に腰を掛け俯《うつむ》く一つの影が見えた。夕陽のせいで逆光となり、表情は窺えないが、何かを手にしている。

よく目を凝らして見ると、それは僕の描きかけの絵だと分かった。

それからの行動は早かった。

僕は無意識にドアを開け、その人物と対峙《たいじ》するように教室へ一歩入っていた。

二人の間にはドアから窓際までの距離がある。

僕は一歩二歩と引き寄せられるかのように、その距離を埋めていった。

すると、今まで見えていなかった相手の表情が露わになった。

眼前の、僕より頭一つ分小さい影も僕の存在に気づき、俯き絵を見ていた端正な顔を僕へと向けた。

それは見事なまでに美しい少女だった。

ウエストをリボンで締められた青の花柄のワンピースを着ている為線が細く見える。夕陽の逆光でシルエットになったその姿は、やけに僕の目に綺麗に映った。

その少女が腰を掛けているのは、例の、あの空席だ。

大きく見開かれ驚愕の色を浮かべる綺麗な瞳の目尻からは、大粒の雫《しずく》が溢《あふ》れ出していて、質感の良さそうな頬を流れ、流麗な頤《おとがい》を伝って先から落ちた。それはループするみたいに乾くことはなく少女の顔を濡らし続けている。

少女は状況を理解できていないらしく、意味が分からず固まっている。

それは僕も同様で、目の前で見知らぬ少女が泣いているところに遭遇して戸惑ってしまっていた。

しかし、その沈黙は長くは続かなかった。

次の瞬間、少女は持っていた僕の絵を抱えてその場から足早に立ち去った。

「ちょっと、待っ……」

僕の無意識の呼び掛けは虚しく、少女は腰にまで伸びる髪をふわりと揺らしながら僕の横を通り過ぎていった。

通り過ぎる際に少女が零した涙は、夕陽のせいでオレンジ色に輝いて舞い、数秒の間床に跡を残す。仄《ほの》かに漂った爽やかなシャンプーの香りは夏の訪れを感じさせた。

一人取り残された僕は、ただただ立ち尽くしていた。

今の僅かな時間で起きたことが頭から離れない。

凛とした大きな瞳と、透き通るような白の肌が印象的で僕の視線は無意識に奪われていた。ただ純粋に、その子を見た時に「こんなに美しい人を見たことがない」と思った。だから頭から離れないのだろうか。しかし、特筆すべき彼女の美しさの理由は物質的なものではなく、その身に纏《まと》った雰囲気だ。

儚《はかな》い。一目見た瞬間にそう感じた。

そして僕を最も驚かせたのは、少女の腰の辺りまで伸びた『白銀の髪』だ。それは文字通りに白色の髪であり、人工的に染めた色でも、老化した際に生えるそれとも違うように思われた。それはまるで、いつか写真で見た夜空に浮かぶ天の川のような神秘的な美しさだった。

だが、そんなにも美しく珍しい髪ですら、少女の儚さを引き立てる為のものにしか思えないのだ。それは異質な美しさだと思った。

まるでこの世界のモノではないような。

感覚的には長い間、僕は立ち尽くしていたように思う。

先程起きた出来事は夢のように思えたけれど、僕の机の上を見ると出来事への現実味が増す。

今日描いていた絵は姿を消し、そのかわりに見覚えの無い麦わら帽子が置いてあった。

これはきっと少女の忘れ物だろう。しかし僕は、次会った時に渡せばいい。なぜかそんなふうに考えていた。先の少女とは初対面の筈だし、そもそもあんな特徴的な子を忘れるとは思えない。制服を着ていなかったことから生徒ではないと思う。さすがに職員ということもないだろう。なのに、理由は分からないが、また会えるだろうと確信を抱いていた。

いや、詳しくはあの子がこのクラスの空席に座るべき人なのだと、僕はそう確信したんだ。

「もう帰るか」

絵が無くなった今、学校に残る理由はない。ひとりでにそう呟《つぶや》くと、帰りの支度を始める。

学校でしか使わない教科書の類は学校のロッカーに置いていき、筆記具などは学校指定のバッグに入れる。

「一応これも持って帰った方がいいかな」

僕はその麦わら帽子を変な折れ跡がつかないように慎重にバックへと詰めた。

すると、帽子が置いてあった机の端に鉛筆で書かれた落書きのようなものを見つけた。

机に書いた落書きにしては丁寧すぎる文字で記されたメッセージがそこにはあった。

『私、あなたの絵が好きです。透明のクラスメイトより』

落書き、というよりは書置きと言える。何とも謹直な泥棒だ。

これが少女からの初めての言葉だった。

そして、最後に書かれた『透明のクラスメイトより』の文字。きっと、僕とみずきさんの会話を聞いていたんだろう。これで僕の脳内ではあの子が今まで描いてきた空席に座るべき人なのだということが合致した。

これも僕の妄想や願望なんだろうか？

だとしたら、僕はあの少女が空席を埋めることを素直に望む。

もう一度あの子に会ってみたい。確かにそう思ったから。

それになぜ、僕の絵を見て涙したのかを知りたいから。

僕は呆然《ぼうぜん》と六月三十日の文字だけ消されていない黒板を眺めた。

「明日から七月か」

意味のない呟きは虚しさの残る教室に弾けて消えた。
そして翌日。僕の望み通りに、クラスの空席は埋まった。

第二章　涙の理由

七月一日、昨日とは打って変わって今日は豪雨に見舞われた。雨の日々に逆戻りだ。教室の窓の外は矢でも降っているかのように激しく雨が地を打ち付けている。連日の雨の中、昨日の一日だけが晴れた事も相俟って、昨日のことが夢のように思われた。だが窓からふと左隣に視線を移すと、一応夢ではないことが分かる。

綺麗な姿勢を保ちながら黒板を真っ直ぐと見据える少女。

爽やかなワンピース姿ではなく、もう見慣れた彩陽高校の制服を着ている為、多少の親近感を覚えるけれど、彼女が着る制服はいつも見ている制服とは違って見えた。改めて見ても、少女の姿は美しいの一言に尽きる。

しかし、僕の目を引いた長い絹織物のような白色の髪は、茶色に染まっていて残念にも思えた。本校の校則的に髪色は原則として黒か茶と決まっているから仕方ないことではある。

「本宮くん、そんなに月ちゃんのこと見つめちゃ駄目だよ。困ってるでしょ？」

左隣のクラスメイトに意識をほとんど向けていたせいで、反対側からの人物の接近に気がつかなかった。僕に話しかけてきたのはみずきさんだ。

「み、見つめてなんていないよ！」

声が上ずってしまった。人に話しかけられることが普段ない為《ゆえ》、驚きを隠せなかったんだ。

もう一度左を向くと、例の少女は朝のホームルームでの板書を書き終えたのか、こちらに体勢を向けて薄い困惑の表情を浮かべていた。

「……ごめん」

困らせてしまった事に対しては、無意識だとしても僕に非があっただけに素直に謝罪した。

水無瀬《みなせ》月。それが彼女の名前だそうだ。

月を『ゆえ』と読むのは確か中国語だったか。

朝のホームルームが始まる前に、数分程度の自己紹介が行われた。もちろん例の如く彼女の席は僕の隣の空席にあてられた。ホームルーム後は少女のもとにたくさんの生徒達が詰め寄り、かなり戸惑っていた様子が少し気の毒に思えた。とにかく僕の隣の空席を埋めるだろうという予想は的中したみたいだった。

それからというもの、水無瀬さんとは言葉を交わしていないのだけれど、チラチラと視線を感じ続けていた。だからこそ、何か僕に用があるのなら話しかけやすいようにと彼女の方へ意識を向けていただけだったのだが。決して見つめていたとか、見惚《みと》れていたとか、そういう理由ではない。

「授業始めるぞー」

数学担当の教師が教室に入ってきたことにより、クラス内の雰囲気は即座に切り替わる。各々が自分の席に着き、授業に臨む準備をする。

こうして、クラスの穴が漸《ようや》く埋まった最初の一日がスタートした。

「おっと、ん？」

意味のあると思っていた空席がやっと埋まったぞと、物思いに耽っていると、僕の机の左端に小さな紙切れが置かれた。

『今日の放課後、この教室に残っていてください』

昨日の書置きと同じ端正な文字は水無瀬さんのものだろう。今日も今日とて放課後は学校に残って絵を描くつもりでいたから問題はない。

問題はないのだが、僕は今日から一体全体何を描けばいいんだろう？　空席は埋まったわけだから水無瀬さんをモデルにすればいいんだろうか？

描くものが決まらないのは大問題だった。


「また明日ね」

「うん、バイバイ」

昨日と同様に最後まで残っていたクラスメイトの別れの挨拶を耳にしたのは、帰りのホームルームを終えてから二十分と経たない頃だった。今日は深夜にかけて更に雨脚が強まるとの予報だったからか、互いの意見が瞬時に一致し早めの帰宅を選択したんだろう。聡明《そうめい》な判断だと思うし、本来の僕もきっとそうするだろう。

ただ、僕から言わせてみれば、雨なんて一定の雨量を超えた時点でそれから幾ら強まろうと変わりないと思うのだ。傘は本来の仕事を全うできずにくたばり、バックの中身はお釈迦《しゃか》だ。そして、現時点での雨量は既にそのボーダーラインを越えていた。

そんな雨がばちばちと窓を打ち付ける中、僕は一人の少女を待っていた。

結局のところ今日は描くものが定まらずに絵を描けずにいた。だから今は絵を描く為ではなく、一人の少女の為に放課後の教室に残っている。

それにしても、今日は実に疲れた。

一日中、頻繁に声をかけてくるみずきさんをどうにか躱《かわ》していたのだ。

いきなりクラスの人気者と、クラスの置物みたいなのが会話しだしたらおかしいではないか。

いらぬ火の粉は浴びたくない。僕は安静に日々を消費したいだけなのだから。

それに、水無瀬さんの視線も気にはなった。一日中感じた視線は何だったのだろうか。

今だってその視線の理由を訊く為ということもあって待っているんだ。

――ガラッ。

唐突に扉が開いた。

黒板は綺麗に消されているから、みずきさんではない筈だ。

「ごめんね……お待たせしました」

教室の端から、落ち着きのあるソプラノの声が聞こえた。

そこには全身ずぶ濡れの水無瀬さんがいた。

「え、どうしたの！」

思わず大きい声が出た。ここ数年で一番の声量だった。

水無瀬さんは色々と目の置き場所に困る格好になっていた。

ビショビショになったベストは既に脱いで抱えている為、学校指定のワイシャツに学校指定のチェック柄のスカートという姿なのだが、質素なワイシャツに飾られたリボンの裏、そのシャツの下には薄っすらとピンク色の何かが浮かび上がるように見えてしまっている。僕は目視しないようにそっと目を逸らす。

「実は道に迷ってしまって……。職員室まで授業で使うプリントとかを貰《もら》いに行っていたのだけれど、帰りは先生もいないまま一人だったから、なかなか教室に辿《たど》り着けなくて……」

「そうじゃなくて、どうしてそんなに濡れているの？」

それに、学校で道に迷うことなどあるのだろうか。職員室からこの教室までの道は一つ階段を上ればすぐの筈だ。まだ校内の構造を把握していないからだろうか。

「迷っているうちに外に出てしまって、いつの間にかこんなにも濡れてたの……お恥ずかしいことに……」

　とのことらしい。方向音痴を極めても辿り着けない領域に彼女はいるのかもしれない。

「着替えは持って……ないよね」

「うん……」

「なら風邪ひくといけないし、僕のジャージで良ければ貸すよ？」

　この言葉に対しては、決して、断じて、邪《よこしま》な気持は無い。無いんだけれど、言葉にすることで、それが邪な風に乗せられて発したことのように思えてきてしまう。

　なるほど、風邪という文字の語源はこんなものだったのか。

「ううん、借りられないよ。本宮くんのジャージが濡れちゃうから」

「大丈夫だよ。次の体育の授業までに返してくれればいいから。濡れた制服のままいるのは気持ちが悪いだろう」

　そう言って、ロッカーから一つの袋を取り出す。いつも僕は体育の授業があった次の日には、ジャージを洗濯して学校のロッカーにこうしてしまっているのだ。その習慣がこんなふうに役立つとは思ってもいなかったが。

「あ、ありがと……。お言葉に甘えて、お借りします」

「うん、そうするといい」

「あの、えっと」

いきなりの沈黙。何かあったのだろうか。

目の前にいる女の子が困惑顔で僕に何かを訴えかけている。

「どうかした？」

「着替えたいから、少しの間だけ後ろを向いててもらえない、かな？」

なるほど、そういうことか。確かに見られたまま着替えることはできない。させられない。

「あ、ああ。分かった」

着替えを貸すまでは気をきかせられたのに、最後で配慮に欠けるのは僕の悪いところだ。

こういう時だって、本当は後ろを向くのではなく、教室から出ていった方が、彼女としては気が楽だろう。

しかし、僕のお粗末な頭の中にはそんな選択肢は存在しなかったし、彼女はジャージを借りておいて「教室から出てほしい」とは言い出せなかったんだろう。

そして、今更ながら、もの凄い失態に気づいてしまった。それは水無瀬さんが僕のジャージを素肌の上から着るということだ。それが僕にも彼女にとってもどれだけ恥ずかしいことなのか考えるだけで蒸発してしまいそうだ。

これから僕は自分のジャージを着る度にいちいち顔を赤らめることになるだろう。そんな光景が容易に想像できた。

ファスナーの上がる音と共に「もう大丈夫ですよ」という声が聞こえた為、僕は水無瀬さんの方へと振り返る。

そこで、二つ目の失態に気づく。濡れた身体や髪を拭くものが無い為、そのままジャージを着てしまっているのだ。水分でジャージは身体に張り付き、濡れた制服姿とはまた違う意味で目のやり場に困る姿になっている。

髪から滴る雫は首を伝ってジャージの中に侵入していく。それを無意識に目で追ってしまっていたことに気づくと、僕の視線は宙を彷徨《さまよ》った。

「ところで僕に何か用でもあるの？」

閑話休題。わざとらしい咳《せき》を一つ入れ、放課後の学校に残った理由を尋ねる。

「うん。謝らなくちゃいけないと思っていて……」

「謝るって、水無瀬さんが何か悪いことでもしたの？」

思い当たることは確かにある。というより鮮明に記憶されている。昨日の今日で忘れることは無いだろう。

ただ、昨日会ったのは水無瀬さんではなくて、僕が会ったのはあの儚い白い髪の『透明のクラスメイト』なんだ。あれは水無瀬さんで間違いは無い筈だけれど、しかしそれでも僕の前から逃げるように姿を消したことから、昨日偶然会ったことは水無瀬さんにとって都合の悪かったのかもしれない。そう思いしらを切ったのだ。彼女がなかったことにしたいと望むのならそうするべきなのだと思うから。

「この絵、持って帰ってしまってごめんなさい。今日はこの絵を返そうと思って呼び止めたの」

今日一日中感じていた視線の理由はこれだったらしい。

差し出されたのは綺麗にファイリングされた僕の絵だった。雨には濡れておらず、昨日の絵の状態よりも良く見えた。

どうやら水無瀬さんは昨日のことを無かったことにはしないようだった。

「昨日会ったのは水無瀬さんだったのか。でも髪が……」

「やっぱり見られてたよね。その、他の人には内緒にしておいてもらえないかな……？」

「それは、別にいいけど」

「ありがと。昨日は、七月から登校する為の説明とかを聞きに学校に来ていて」

「そうだったんだ」

昨日偶然にも僕と出会ってしまったのは、やはり彼女にとっては都合が悪かったようだ。できれば記憶毎消した方がいいのかもしれないけれど、残念なことに僕の頭は鳥頭ではない。

皮肉にも僕の記憶力は常人よりも優れているように思える。いつまでも物事を忘れられないのだ。良いことも、もちろん悪いことも。

「だから、昨日会ったのは二人の秘密ということで、お願いできるかな……？」

水無瀬さんは微笑むでもなく、羞恥するでもなく、さらりとそんなことを言ってきた。

二人の秘密、なんと甘美な響きなんだろう。

「私、あなたの絵が好き」

いきなりの言葉にドキリとした。好きという単語に耐性のない僕としては未だかつて無いくらいに心臓が飛び跳ねた。それは昨日見た書置きと同じ言葉だった。

「昨日、本当は絵を持って帰るつもりはなかったの。ただ、返すのが惜しくなってそれで……。人が来たことに驚いて咄嗟《とっさ》に持ったまま飛び出してしまったの……」

「いやでも、僕の絵なんて色が欠落していて、そんな価値はないよ。いくら練習しても色を付けられないんだ」

「ううん、本宮くんの絵には色があるよ。この絵の中の女性は金髪で、雲一つない青空が背景になっていて、その金の髪がキラキラ輝いて見えるの。あなたの絵を見て、そう見えたことが嬉しくて」

驚いた。僕のイメージをそのまま言い当てた。いや、当てたのではない。彼女は本当に色が見えているのだ。はっきりと見えているのだ。絵を描いた僕自身よりも、おそらくは見えているのだろう。

「本当に綺麗な絵……」

水無瀬さんはそう呟きながら、未だ絵を食い入るように見ている。その表情は切なげで、悲しげで、そんな彼女の表情が僕の記憶へと沁《し》み込んでいった。

「そんな絵で良ければ、あげるよ」

「えっ、いや、貰えないよ。こんなにも綺麗な絵を私なんかに、勿体《もったい》無いもの」

実際、一人で描いて一人で満足しているだけなんだから。誰かに必要とされれば喜んで譲る。

「なら、今から一緒に絵を描きたいな。お互いに絵を描いて最後に交換するの。それなら私も素直に貰うことができると思うから。お近づきの印に、どうかな？」

意外な提案だった。でも、彼女の絵には興味があった。僕の絵の色が見える人がどんな絵を描くのか。

「いいけど、きっと帰るのが遅くなるよ」

「本宮くんが良ければ私は構わないよ」

「家族が心配するんじゃない？」

「大丈夫だよ。気にしないで」

家族と言った瞬間、心なしか彼女の表情は曇ったように見えた。家族の話を口に出すのは軽率だったかもしれない。僕だって聞かれて気持ちの良い家庭環境とは言い難いものであるし。

「なら始めようか。学校の警備員が見回りに来るまでには帰れるようにしよう」

「うん」

その返事と共に水無瀬さんの顔には微かな笑顔が咲いたように見えた。

今日一日、水無瀬さんには感情の起伏が少ないと感じた。おそらく感情表現が苦手なんだろう。今見た微笑は学校に来て彼女が見せた最初の笑顔だったと思う。それが僕だけに向けられたものだと思うと、どこかくすぐったいような気持ちになった。それは、不快なものなどでは決してなかった。

しかし、そんな感情の希薄な水無瀬さんが、人がいなかったからといって滂沱《ぼうだ》の涙を流していた昨日のことを、『異常なことだ』と感じなかったことは、それこそが僕にとっての最大の失態だったんだろう。

「くしゅんっ」

愛らしいくしゃみが廊下に響き渡る。

絵を描き始めてから約三時間、僕ら二人は時間を忘れて机に向かっていた。

言葉を交わすことは殆《ほとん》ど無く、互いに自分の世界に没頭していた。自分の世界を描いていた。

しかし、時計の短針が西南西の方向を指したところで教室の扉が開かれた。

教室に入ってきた青の作業着を着た中年の男に注意を受け、絵を描き切ることを諦めざる終えなくなったんだ。

そして今は、帰路に着こうと学校の廊下を歩いているところだった。

「描き終わらなかったね」

「だね。絵を描くのが久しぶりだったから感覚が鈍っちゃってたなぁ」

「あれで鈍っていたのか。凄くうまかったと思うけど」

そう。水無瀬さんの描く絵は僕と比べるべくもなくうまかったのだ。巧みと言ってもいい。それはいち学生が描くような物ではなく、確かな芸術性が備わっていた。

高校生という年齢であれ程の絵を描ける人はまずいないように思う。僕の尺度では測り切れない領域の絵なのだ。きっと美術館に展示されていたとしても、その群を抜いた芸術的センスは、名声高い芸術家の作品を抑え頭角を現すことだろう。

少なくとも、僕は今までの人生で彼女の描く絵よりも美しいと感じた絵を見たことがない。

　彼女は美の体現者なのだろうか。

　描く絵も、描く本人も、見事なまでに美しい。酷く陳腐な表現だが、美しいとしか言いようがないのだ。

「今までに絵画の習いごとでもしていたの？」

「そう、かな。習ってたって言うのかな、あれは」

　妙に歯切れの悪い返事だった。

「そんな本宮くんこそ絵の習いごとをしていたの？」

「いいや、僕の絵は独学だよ。家族が絵描くのが好きだったからそれの影響でね。ちゃんと描き始めたのは中学生の頃だったかな」

　詳しくは独学というよりは自己流だ。

「私もそんな感じだよ。両親が美術関係の仕事をしていたのもあって」

　なるほど。幼少期から絵画の技術を親に仕込まれていたのかもしれない。それなら彼女の絵の凄さには合点がいく。元々の才能も相俟って開花したんだろう。

「でも絵を描くのは久しぶりって言っていたよね」

「うん、四カ月程前から一人暮らしなの。それからは両親の目が無くて、無理に描かなくていいかなって」

そう言う水無瀬さんの声は無機質に聞こえ、顔にはおおよそ表情と呼べるものが無くなっていた。家族のことが話題に出ると水無瀬さんの雰囲気は一変して悪くなってしまう。

きっと触れられたくない領域があるんだろう。誰にだってそういうものはある。

「そうだったんだね。僕も一人暮らしだけど、高校生では珍しいよね」

そう言うと、水無瀬さんは少し驚いたようにこちらを見上げてきた。

僕も一人暮らしをしている。だが、それは好きで一人暮らしをしているわけではない。そうしなければならない理由があったからだ。高校生の一人暮らしというのは生活するだけでもかなりの苦労を強いられることなのだが、それでも一人暮らしをしなければならなかった。

だからきっと、水無瀬さんも一人暮らしをしている理由には特別な意味があって、そこに踏み入ることは軽率なことだ。それを知るには、僕らが共有している時間はあまりにも短すぎる。何と言ったって、僕と水無瀬さんは今日初めて言葉を交わしたのだから。

「なら、私達って一緒なのかもしれないね」

「……一緒、なのかな」

「そうだと思うよ。私は昨日本宮くんと会った時、映し鏡を見たんじゃないかと錯覚した程だったから」

「それは何でも言いすぎなんじゃないか？」

「少し大袈裟だったかな？　ふふっ、私は本宮くん程、愛想悪くないもの」

「それはもっと言いすぎなんじゃないか！」

「ううん、愛想に関しては私の方がいいと思うよ？」

薄いけれど、その悪戯に成功した子供のような表情は、水無瀬さんの纏う雰囲気とは違う、年相応の女の子の表情に見えた。

「ただ、本当に似ているところがあるように思うの」

「…………」

「今日一日あなたのことを見ていて思った。本宮くんならこんな私とでも話してくれるんじゃないかなって」

「そんなの、他の人たちだって水無瀬さんと話してみたいと思ってるんじゃないかな」

「それは新しいものへの好奇心だよ。興味が尽きたら目の前からいなくなってしまうの、きっと」

その言い草は、僕にも覚えのあるものだった。

やはり、僕らは似た者同士なんだろうか？

「それは僕も同じかもしれないじゃないか」

「そんなことないよ、本宮くんは」

酷く真面目に言い切ったことに、僕は少し面食らう。

確かに、人との関係を隔たってきた僕が、初対面でここまで会話が続く相手がいることには素直に驚く。似た者同士だから話しやすいんだろうか。

僕はこの謎の多い子に、何を感じ取っているんだろう。

「少なくとも、私を理解してくれる人だと、勝手ながら思っているよ。あなたの絵を見た時から」

また、僕の絵のことか……。

「僕には何も期待しない方がいい。僕は何も生み出さない。むしろ失うばかりなんだ。絵だって足りないものが多すぎる。色もそうだけど、いくら技術が巧みになっても、僕の絵からは感情が感じられない」

「それでも、私の心には、本宮くんの絵が見えている気がするから。私にとって本宮くんの絵は眩《まぶ》しい物なの」

僕には水無瀬さんの言う意味が分からなかった。

水無瀬さんは何を見て何を考えているのか、その全部が僕とは全然違うような気がした。言葉の一つ一つに大きな意味があるような、そんな掴《つか》みどころのない彼女に僕は興味を持っているみたいだった。

この子の理解者になれればいいと思う。けれど、やはり何も見えていない今の僕の力では、何かを変えられるとは思えなかった。

僕らの共通点は、何かが理由で一人暮らしを強いられて独りでいる高校生、ということだ。僕にはその事実しか見えていない。

果たして彼女には、僕ら二人の姿が、どう見えているんだろう――。

彼女の心には、僕の絵がどう見えているんだろう――。

それから下駄箱が見えてくるまでは、僕ら二人の間に沈黙が横たわっていた。

そんな、僕らの鼓膜に伝わる雨が地を打つ音は、僕ら二人のことを独りぼっちなんかじゃないんだと励ましてくれているようにも思えた。

その雨音が大きくなっていくにつれて学校の出口は近づいていき、気がつくと昇降口に着いていた。

学校の外に広がる、夏を目前に控えた黒い空は、梅雨の最後の悪足掻《わるあが》きだと言わんばかりに強く激しく雨音をたてている。

そんな中、僕の帰路への雲行きも怪しくなっていた。

「……僕の傘がない」

朝も使用していた筈の傘は、学校の傘立てから消えていた。

おそらく誰かに使われてしまったのだろう。こういう場合は盗った側ではなく、きちんと管理していない側に非があるという結論に至るのが学校という教育機関での常だ。

どうしようと、これからの帰り道に不安から頭を抱えていると、一つの小さくまとまった何かが目の前に差し出された。

「良かったらこれ使ってね。折り畳み傘だから、男の子の本宮くんには小さく感じてしまうかもしれないけれど……」

それは白を基調とした青色の水玉模様の折り畳み傘だった。水無瀬さんはそれを広げると、僕に手渡してくる。

一般の傘よりも一回りは小さい傘を持つ水無瀬さんは、その傘のサイズ感のせいかどこか幼く見えた。

「いやいや、僕が借りたら水無瀬さんどうするのさ。他に傘があるならまだしも、無いなら駄目だよ。水無瀬さんが濡れてしまう」

「貸してくれたジャージのお礼だから、遠慮なんてしなくていいんだよ？」

遠慮するなと言われても、ジャージ姿で濡れると問題があるのを僕は知っているだけに、これは引き下がれない。食い下がるしかない。

「いいや、水無瀬さんが濡れちゃ意味がない。この傘を僕は使えない」

「なら、捨てちゃっていいからね。安物だから」

この反応を見るに、水無瀬さんはもしかすると頑固なのかもしれない。

「分かった。もう、じゃあこうしよう」

「こうって……？」

自身の胸に傘を持っていない方の手を当てる。

一定の間隔で手のひらに生きている証拠である震動が伝わる。鼓動が伝わる。しかし、今だけはその証拠は自己主張が激しすぎるように思えた。

鼓動が強く脈を打っていることが制服越しでもありありと伝わってくる。それは今の状況への緊張からか。

「「あっ」」

右肩に伝う軽い感触。トンと当たる互いの肩。長い沈黙に時々聞こえるお互いの息遣い。

そんなこんなで、ドキドキもといドギマギしながらも、僕と水無瀬さんは一応雨を凌《しの》ぎながら最寄りの駅へと向かって歩いていた。俗に言う相合傘というやつをしながら。

「やっぱり本宮くん一人に傘を使ってもらいたいな。左肩が濡れてしまっているもの」

「それはお互い様だよ。むしろ、水無瀬さんが使うべきだって。自分の傘なんだし。

それに、二人で傘に入るなんて嫌だろう？」

また始まってしまった。先も、二人で傘を使うという僕の提案が承諾されたのは良いものの、どちらが傘を持つかという意味のない言い合いでかなりの時間を要してしまった。最終的には水無瀬さんより背が高い僕が持った方が雨を凌ぐのに適しているというそれっぽい理由で落ち着いたが、やはり納得はしていなかったようだ。華奢《きゃしゃ》な同級生の女の子に傘を差される男子高校生なんて面目が保たれない。

「そんなことは気にしないよ。ただ、私のせいで本宮くんが濡れてしまっているというのが嫌なだけで……。だから、私の為だと思って、ね？」

私の為とはよく言ったものだ。そんなことをしてしまえば、僕の罪悪感が許さない。

ほんと水無瀬さんはその敬語口調に似合わず頑固な人だ。

「なら、僕のジャージを濡らさないようにちゃんと傘に入ってよ」

「……それはずるいよ」

ならば、水無瀬さんの側が抱く罪悪感を逆手にとってやろうと、思い切って意地の悪いことを言ってみたが、効果は覿面だったようだ。

そのまま調子に乗って雨に濡れないようにと傘を水無瀬さんの方に寄せると「駄目だよ、こっちに寄せすぎ」と言ってきたけれど、言葉だけで拒まれることはなかった。

「初めての高校はどうだった？」

思えば、今日は水無瀬さんにとって初めての高校だったのだ。今でこそ、こうして普通に会話しているが、僕が水無瀬さんと話すのは今日が初めてだ。初対面（詳しくは昨日会っているけれど）でここまで気安く会話できることは、もしかしたら僕の中では快挙なことなのかもしれない。それはきっと先程も言ったように僕らは互いに近しいものを感じているからなんだろう。

「何もかもが新鮮だったからか戸惑いもあったけれど、楽しかったよ。私は小学校も中学校も満足には通えていないから、知らないことだらけで興味が尽きなくって」

その言葉に嘘《うそ》は無さそうに思えたが、どこか哀しげな声音だった。

「分からない事があったら、委員長のみずきさんに色々と聞いてみるといいよ。あの人なら、快く教えてくれると思うから」

「本宮くんは教えてくれないの……？」

「僕とはあまり関わらない方が良いからね。他人からも良い印象は持たれないと思うし。せっかくの高校生活のスタートなんだから」

「それは、どうして？」

「僕ってクラスで孤立しているから、僕と関わると水無瀬さんまで孤立してしまう」

自分で言っていて耳が痛いが、でもそういうことなのだ。

「だったら私も孤立する」

「どうしてそうなるんだ」

「それは、本宮くんの絵が見たいから……」

「そんなの、隣の席なんだからいつでも見られるよ。だから、孤立しないように友達作りなって」

「そんなこと本宮くんに言われたくないよ」

ぐさっと僕の心に何かが刺さった。しかし、ごもっともで言葉が出てこない。

「僕はいいんだよ。作れないんじゃなくて、作らないんだ」

『れ』と『ら』の部分にアクセントを置いて言った。

「往々にして、そういうことを言っている人程友達ができないものなんだよ」

水無瀬さんの僕への当たりが徐々に強くなってきていないだろうか。薄い表情で言うものだから、言葉がそのまま、無防備な心にくるのだ。

「正直な話、僕はあまり人と関わりたくないんだ」

だから、本心で語ってみる。

「私にもその気持ちは分かるよ、凄く。でも、そう言っているだけでは何も変われない。そうでなければ、私は学校に来なかったと思うから」

「うん、確かにそうかもしれない」

変わらないといけない。それは僕がずっと抱き続けている思いでもあった。

「私が保証するよ」

「何を？」

「変わろうとすれば、良いことがあるってことを、かな」

「そう思う根拠を聞いてもいい？」

「私は勇気を出して学校に行ったら、あなた、本宮くんと出会えたから」

「……………」

その言葉を発する水無瀬さんの穏やかな表情を見て、言葉を失ってしまった。

「もう駅に着いちゃったね。帰り道気をつけて」

いつの間にか駅に着いていたみたいだ。

「ん？　水無瀬さん、電車は？」

「ううん、私は乗らないの。だからまた明日学校で。あ、ジャージありがとうございました」

ぺこりと一礼すると、水無瀬さんは早足で来た道を戻って行った。

「あれ」

僕は水玉模様の小さな傘を持ったまま呆然としていた。

要約すると、学校の近くに住む水無瀬さんは雨が降っているからと、僕に傘を使わせる為に貸すと申し出てくれた。しかし僕はそれを受け入れず、結果無駄足を踏んで駅まで同行してくれたということになる。

最初から素直に傘を借りていた方が良かったということは言わずもがなだ。

「明日、お礼言わなくちゃな」

空を見上げると先程よりは雨脚は弱まっていた。深夜にかけて強まる予報はどうやら外れてくれそうだ。

傘を畳み、僕は満員電車への覚悟を決め、駅構内へ歩を進めた。


家に着いた頃には既に雨は止んでいた。

ごく普通の住宅街にある、ごく普通の一軒家。それが僕の家だ。

しかし、そんな家は僕にはとても広く感じられた。

「ただいま」

返事はない。誰もいないのだから当たり前だ。

暗く静かな廊下を進み、リビングに入ると照明をつける。

濡れたバッグを肩からおろし、習慣と化した日課をこなしていく。風呂の湯を沸かし、シャツを脱ぎ、簡単な物だが気持ち多めに夕食を作る。

そうして日課を終えると、畳部屋にある仏壇の前の座布団に正座し、少量に盛った夕食を置く。こうすることで、一人暮らしの悲しさを紛らわそうとしているのかもしれない。

「ただいま、母さん」

　僕は一枚の写真に向かい挨拶した。

「遅くなってごめんね。今日は楽しいことがあったんだ。どんな理由があるのかは分からないけど、二カ月半も遅れて今日が初登校だった水無瀬さんって人が僕の隣の席になってね、なぜか放課後一緒に絵を描いたんだ。でもそれが楽しくって、しかも水無瀬さんの絵が素敵でさ………」

　これも日課の一つだ。亡くなった母に近況報告。

　僕の人生の幸福最盛期といえば小学校低学年の頃だった。理想的な母に、お茶目な父、血縁上はいとこという立ち位置ではあるのだけれど家庭の事情ということで引き取った僕よりも年が一つ下の妹がいた。そんな四人家族だった。

　しかし、幸と辛の漢字を表すかのように、家族の内の誰か一人が抜け落ちてしまえば、幸福が不幸に変わるのは一瞬だった。

　僕が小学四年生だった夏に母は病気で他界した。そしてその悲しみに耐えられなかった父は僕と妹を置いて家から出て行き二年後に消息不明となり、その後すぐに祖父母に妹は引き取られた。

　僕も祖父母に引き取られる筈であったのだけれど、母のいない現実を突き付けられることに恐怖し、一人この家に残った。それも中学生の三年間全てだ。この家にならす母の、家族のいた痕跡が残っているから。

だから一人暮らし。資金は父の残した貯金で今はまだどうにかなっている。

ちなみに、別れてからは父にも妹にも祖父母にも会っていない。

そんな僕を近所の人は悪魔だ、疫病神だ、と囁いているみたいだった。母さんが亡くなった時こそ親切にしてくれていた人達も、今では挨拶を交わすどころか、目すら合わせてくれない。

でも、僕が言い返せる言葉は何もなかった。事実、僕と深く関わった人は誰もが不幸になってしまっている。

だから僕は必要以上に他者と関わることを避けて生活している。せめて誰の迷惑にもならないように。

「さあ、夕飯でも食べるか」

一人暮らしの経験がある人には共感してもらえるかもしれないが、一人でいる時間が多いと自然と独り言が多くなってしまう。

僕は立ち上がりキッチンへと足を運ぶ。簡素な味噌汁に、インスタント式の白米、冷蔵庫に残っていた野菜や肉で作った炒《いた》め物を各皿へとよそい、自身の食事の準備をする。僕一人だけの為に凝った物を作ろうとは思わない。ただ、自炊しているだけ良いと思うようにしている。

「それにしても綺麗だけど不思議な絵だ」

一口味噌汁を啜《すす》り、味が少し薄いなと思いながらも、目の前の絵にそんな感想を漏らす。

僕と水無瀬さんは、警備員に注意され仕方なく帰りの支度をしている時に、描き途中ではあるのだけれど、記念にと描いていた絵を交換したんだ。それを眼前で広げて独特な絵に見入る。

白と黒だけで描かれた僕の絵とは対照的に、水無瀬さんの絵は色鮮やかだ。色鉛筆のみで描かれたそれは美術品さながらといった出来で、彼女しか描けない世界を持っている。

だが、不気味にも思えた。

僕と水無瀬さんが今日描いた絵はクラスから見た校庭を模写した物なのだが、水無瀬さんの絵は僕らの通う学校の校庭には到底見えなかった。

黒い空から降りつぐ雨に強く打ちつけられているような見たままの校庭を僕は描いたのだが、彼女の絵はそもそも雨など降ってはいなかった。黒い筈の空は群青色からアジュールブルーに変わっていくようにグラデーションのかかった青空で、校庭には彩り豊かな草花が咲いている。それは花畑のように見えた。周りの住宅街から灯る明かりには家庭的な温かみを感じる。そして、そんな世界には薄く輝く雪が降っていた。

それは、真夏に降った雪景色のような、真冬に咲いた花畑のような、そんな表現し難い世界が広がっていた。校庭の周りの建造物などは見覚えがあるもので、学校から見た景色だということは分かるようにはなっていた。

絵もそうなのだが、それ以上に、お世辞にも綺麗とは言えない黒の景色を見て、幻想的と言えるような絵を描いてしまう彼女自身に、言い方は悪いが不気味さを感じた。

——私、あなたの絵が好き。

水無瀬さんのこの言葉が脳裏を掠める。

色に溢れた絵を描く彼女が、何を思い僕の色の無い絵を好きと言ったのか。なぜ模写と言いながら実際とは全く異なった絵を描いたのか。何か特別な理由があるのではないだろうか。

「考え過ぎか」

ピピッと風呂の湯が沸いたことを知らせる機械音が僕の思考を中断させる。

とりあえず今は休息を優先しよう。今日は精神的に消耗しすぎた。人とコミュニケーションをとることがこんなにも疲れるものだとは知らなかった。昔の僕はこんなにも高度なことを容易くこなしていたのか。

それにしても、僕が他者に興味を持つなんて事は独りになってからは初めてのことだった。

風呂から上がると、二階にある自室で日記をつける。これも僕の習慣の一つだ。日記にはその日描いた絵を挟んでいる。

五月、六月と代わり映えしない日記を捲っていき、七月一日と書かれたページを開く。そこに今日の出来事を綴《つづ》る。クラスの空席が埋まったこと、みずきさんの対応に困っていること、そして水無瀬さんのこと。

日記を書き終えると、自分で描いた絵の代わりに水無瀬さんから貰った絵を挟み日記を閉じる。七月に入ってようやく僕の日記は色を望めた。水無瀬さんがくれた色だった。それは、僕の日常も彼女が色鮮やかにしてくれるのではないかと思えた。

気が抜けた僕は大きなあくびをしてしまう。睡魔に逆らう気は起きなかった為、流れるような動作でベッドに潜り込み目を閉じる。

「帽子いつか返さなきゃな」

水無瀬さんと初めて会った時、忘れていった物だ。タイミングの良い時があったらその時に返そう。

睡魔の手はそれ以降も緩まることはなく、僕を微睡みの世界の更に奥にある夢の世界へと誘っていった。

こうして僕の一日は終えていく。

無為に日々を消費する僕の日常の中では変化の大きい一日だった。

高校最初の七月。何かが変わるかもしれない、そんな気がした。


翌日、学校での時間は何事もなく過ぎていった。

みずきさんが時々話しかけてくることはあったけれど、昨日意気投合したようにも思えた水無瀬さんが話しかけてくる場面はなかった。僕もこれといった用があったわけでもないから話しかけることはなかった。強いて言えば、朝に昨日借りた傘を返したことくらいだった。

そして、僕は今日も絵を描けずにいた。空席が埋まったことによって僕の絵のモデルとなるべき対象は水無瀬さんに移ったわけだけれど、無断で他人をモデルにするのはどうかと思ったし、だからといってモデルをお願いする気にはなれなかった。

そのままダラダラと授業内容を半ば機械的に板書する作業を六回程繰り返し、気づけば放課後になっていた。

今日は絵を描いてない為、放課後に居残る理由は特にない。だから偶には早く帰宅して、のんびりしながら手の凝った夕食でも作ろうかと考えながら帰りの支度をしていた。

「んん、まずは和食にするか洋食にするか中華にするかを決めないと。仕込みに時間の掛かる物は作れないし……」

久し振りのちゃんとした料理とだけあって献立決めから力が入る。

と、そんな時、左隣から消えるような声がした。

「ちょっと待って……」

「どうしたの？」

「…………」

僕の問いに対する返事は無かった。長い沈黙。その間にも僕らを除くクラスメイトは教室から出ていく。毎日のように遅くまで残り、雑談に花を咲かせる女子達も今日はどうやら早めのご帰宅のようだ。

時間が過ぎていくにつれて僕の脳内では時間的に調理可能なメニューが次々と消えていった。

「バイバイ本宮くん、月ちゃん！」

元気よく挨拶してくれたのは言わずとも分かるようにみずきさんだ。水無瀬さんも僕と同様に人から声を掛けられることに慣れてないらしく、たじろいでしまっている。

僕と水無瀬さんは全く同じ動作で全く同じタイミングで手を軽く左右に振ることでその挨拶に応えた。

数分と経たないうちに教室は僕と水無瀬さんの二人になっていた。

漸くして、と水無瀬さんは口を開いた。

「どうやら私は、人の多い場所で声を出すのが恥ずかしいみたいで……」

「ああ、それは僕もよく思う」

普段から一人の時間が長い者同士の思っていることにお互いが共感できたことで、その場に一つの笑いが生まれる。

水無瀬さんは、既に孤立気味だった。最初こそ転校生に似た扱いをされ男女共に水無瀬さんのことをもてはやしていたのだけれど、今日の放課後になる頃には水無瀬さんのリアクションの薄さのせいで近づく者は次々と減っていった。

今となっては、感情の乏しさと常人離れした美貌が相俟って、男子には高嶺の花の深窓の令嬢だと言われ、女子には顔だけが良い無愛想な子と妬まれていた。

学校内でのカースト制上位に位置するであろうみずきさんのグループが昼食を一緒にと、水無瀬さんを誘っているのを見かけたが、丁重に断っていたみたいだった。

「ところで何か用でもあった？」

「用と言う程のことではないのだけれど……呼び止めてごめんね」

「別にいいよ。帰ってもやることなんてそんなにないし。それでどうしたの？」

「今日は絵描かないのか気になって声をかけたの。いつも放課後まで残って描いているって言っていたから、その様子が見たいなと思って」

「そういうことか。でも今日は描いていないんだよ。というか描けなくなってしまったんだ」

「それはどうして？」

「僕の描く絵のモデルは、一昨日まで空席だった水無瀬さんの席なんだ。教室に一つだけ空席があるなんて変だと思ってね。きっと何か意味がある筈だと思って、その席に座る人を空想して描いていたんだ」

そして、君が空席を埋めてくれたんだけどね。と皮肉ではなく、僕はそう心の中で呟いた。

「でも、私がその空席を埋めて、本宮くんの空想が現実になったから、描けなくなってしまったんだね」

「あ、ああ。そういうことになるね」

やけに察しの良い水無瀬さんだった。

「なるほどなるほど。金髪で西洋系の顔の女性が本宮くんの好みのタイプなのかぁ」

「えっ、いや！　そういうわけでは……」

水無瀬さんが持って帰っていたあの時の絵のことを言っているのだろう。そんなこと言ってしまえば、今まで様々な人を描いてきている僕の異性の好みのタイプは凄まじいことになってしまうではないか。

「冗談だよ。ふふ」

悪戯っぽく水無瀬さんは笑った。それは薄い表情ではあったけれど確かに笑みと呼べるものだった。

やっぱり、水無瀬さんも年相応の女の子なのだと、遅まきながらに理解した僕だった。

「でも絵が描けなくなるのは困るね」

「そうだね。習慣でもあったから学校での時間を持て余してしまうよ。休み時間とか、暇な授業中とか」

「授業はちゃんと聞かなきゃ。でも、確かにそうかも……。今日経験して私も思ったけれど、一人ぼっちの学校って少し退屈に思えてしまうかも」

「水無瀬さんはもっと愛想良くしていれば、友達なんてすぐにできると思うけどね」

そう言った直後、それは失言だということに気づいた。

逆にいえば、今が無愛想だと言っていることになる。

「いえいえ、本宮くんには言われたくないよ。本宮くんこそ私に負けないくらい無愛想だもの。私はいいの。私はぼっちのプロだから。プロフェッショナルだから。それこそぼっち歴はきっと本宮くんより長いと思うよ？」

けれど、そんな事を言って彼女は僕の失言を気にも留めていないようだった。

ほんとどうしてこれで友達が作れないのだろうか。

「それに」

「ん？」

「それに私は、同い年の女の子と最近流行りのドラマの話をするより、無言だとしても本宮くんと絵を描いている方が楽しいということに気づいてしまったの」

「そんな評価、僕には勿体ない。身に余る思いだよ」

これが、素直な感想だった。照れて恥ずかしくて、ぶっきらぼうになってしまったことは否めないけれど。

でも、それは僕だって同じなんだ。人との関わりを極力隔てている僕ではあるけれど、水無瀬さんと時間を共有した昨日のことだって、正直楽しかった。少しでも心を通わせたことに心地良さを感じている。

僕はこの子に心を開くことに対して、抵抗が薄いんだ。警戒が弱いと言ってもいい。

それがなぜかは分からないけれど。

「なら、その余った思いと時間を使って、絵を描こう？」

「でも、何を描けばいいのか分からないんだ」

「そんなの、今まで通りに隣のこの席を描けばいいんだよ。私をポートレートのモデルにしたらいいと思うの」

「え？」

「私の姿を絵という形で残してほしいと言っているんだよ。今まで想像で描いていた人物を私に置き換えて描けばいいの」

「それは分かるけど、いいの？」

「私から言ったことなんだから、いいんだよ。むしろ描いてほしいな……？」

「分かった。なら明日、水無瀬さんをモデルに描いてみるよ」

「ううん、今から描くんだよ」

「今からって、本気？　また昨日みたいに帰るの遅くなるよ」

「本気も本気だよ？　今日は雨も降っていないからその心配はないし、もし降ってきたとしても返してもらった傘があるから」

朝のうちに返していた折り畳み傘を、水無瀬さんはチラチラ見せてくる。

「雨の心配なんてしてないんだけどな……」

僕の夕食は、巻き寿司でも、アラビアータでも、麻婆豆腐でもなく、昨日のようないつも通りの夕食になることが決定された。

そして、満員電車で潰されて帰ることもまた決定された。

「それにしても水無瀬さん、だいぶ砕けたよね。遠慮がなくなったというか」

苦笑してしまう。最初は落ち着いた子かと思っていたけれど、その実、頑固な一面があったり、そう思っていると時折薄くはあるものの笑顔と呼べる表情を見せる。

会ってから一日しか経っていないと思えない程の砕け方だった。

でも、そんな彼女の自然な表情が僕の胸へと浸透していくようで、そんな妙に胸に突っかかる苦しいようなくすぐったいような感覚が、僕の中に広がっていた。

「ふふっ、私が本宮くんに似たものを感じたからかな？」

今みたく微笑むことがあるのだ。そんな顔して笑えるんだなと、ついつい見惚れてしまう。

水無瀬さんの薄くも確かな感情の表現を、僕は無意識のうちに目で追ってしまっているんだ。そう気がつくと、仄《ほの》かに胸中が熱を帯びていくのが分かった。

「どうしたの？　私はもうモデルとして描かれる準備はできているよ」

「まだ了承していないんだけどな」

なんて言いながらも僕は画用紙と絵画用の鉛筆を用意している。

「でも、本宮くんはきっと描いてくれるって思っているから」

彼女の喜ぶ姿を、笑顔を見たいという理由で、僕はこうして絵を描く準備をしてしまっている。僕は案外単純な人間なのかもしれなかった。

「分かったよ。じゃあ特に何も意識しないで、リラックスして読書していてもらえる？」

「読書をしていればいいの？　うん、分かった」

　読書と言ったのはモデル側が退屈しないようにという僕なりの配慮だったのだが、もしかしたら杞憂だったかもしれない。水無瀬さんは僕が絵を描いている様子を見たがっているようだった。しかし、それだと僕が集中できないのでやはり読書をしていてもらうことにした。

「絵はできてからのお楽しみだよ。だから気にせず読書していて」

　二度目のはい、という返事で水無瀬さんは物語の世界へと入っていったようだ。しかし、予想はしていたけれど、本を持つだけで彼女は絵になるなと思った。まあそれこそ、文字通りにこれから絵にするわけだけれど。

　こうして僕らの描画会が始まった。

　終始「モデルってこんなにも恥ずかしいものだったんだ……」などと言っていたが、終わる頃には楽しんでもいたようで、絵は二時間もしないうちに完成した。

　お試しといった感じで手軽に描いたものだったが、水無瀬さんは喜んでくれたようだった。

「私の髪色ってこういう茶色だったんだ」

　僕の白黒で描かれた絵から当然のように色が見える水無瀬さんはそんな感想を漏らした。

「何か変だったかな」

「そんなことはないから安心して。ただ、本宮くんから見て、私の髪ってこんなに奇麗に映っているんだなぁって思うと、ちょっと嬉しくって。綺麗な茶色になってて良かった……」

　なにか、凄まじく恥ずかしいことを言われた気がした。

　全く気にしていなかったけれど、絵のポートレートというのは描き手がモデルをどう見ているかということが筒抜けになってしまう。それは相手に直接綺麗だね、なんて言葉をかけるよりも変な羞恥心があった。まあそんなことを言ったことはないのだけれど。

「髪染めたのはつい最近でしょ？　それなら自分の髪がどんな色に染まっているか分かってるよね？」

「それはそうなのだけれど、でもこの絵を見て初めて自分の髪色を知ったよ」

「どういうこと？」

「言葉のまんまの意味だよ」

これはどういうことを言っているのだろう。

自分が見ているものと、他者から見ているものでは、同じものでも違って見える。だからこそ他者からどう見えているかが重要な自分の容姿が、僕という他者からどう見えているか、ということを知りたかったのだろうか？

確かにそういった意味では僕の描いた絵というのは、完全に他者の視線と言える。だが、果たして水無瀬さんの言葉はそんなことを気にしてのものだったのだろうか。

「どうかな？　茶髪似合ってるかな？」

「うん。似合っているよ」

僕の絵の中に描かれた自分自身の髪色を見て満足したのか、そう水無瀬さんは聞いてきた。

「白色の髪も嫌いではなかったのだけれど……でもやっぱり茶色にしたいと思って」

「どうして？　校則に従ってってこと？」

それは僕が以前に少し残念に思ったことだった。

僕は水無瀬さんの初登校前の、あの白銀の髪を見てとても美しいと感じた。その時の彼女の髪を知っている僕だからこそ、茶色に染めて学校に来た時には少し残念に思っていたけど、やはり校則があるから染めたのかなとも同時に思っていた。

「もちろんその理由もあるよ」

「も、ってことは他にも何か理由が？」

「そうだね、若い子の白髪なんて外国でもなかなか見かけることが無いと思って。だから染めたの。私は普通が良かったから」

「普通、か……」

「うん。私は普通がいいの。当たり前が、いいの」

「………」

「髪色だけじゃなくってね。私という人間が、その日常が、その全てが、普通だったら良いなって思うから」

「その言い草じゃ、まるで水無瀬さんが異常みたいじゃないか」

「普通では、ないんだよ」

「………」

「だからこそ、私は当たり前の幸せを求めているの」

「当たり前の幸せって？」

「最初は両親から大切にされて育って、そうして自分という存在を知っていくの。それから学校に行くようになって、そこでは他人を知って、できれば友達なんかも作れたらいいな。それから、物心ついた頃には親不孝かもしれないけれど、反抗期なんかもしてしまって両親を困らせて。……でも時には親の大切さを理解して」

そう語る彼女の瞳は、どこか遠くを見ている気がして。

けれど、次には少し俯き加減に恥ずかしげに、言葉を続けた。

「そうしていくうちに、今までとは違う『特別な好き』を知って、恋に落ちたりなんかもして。自分の感情に振り回されて、そんなことに一喜一憂する……。それが私の思う当たり前の幸せ。私には無い、当たり前の幸せ」

「…………」

僕もそんな道を欲していた時期はあった。

いつの間にか、無意識下で諦めていたけれど。

「大多数と違うっていうのは怖いことだから。全部手探りで、どうなるかなんてやってみないと分からない。そんな先の見えない日常が怖くって、だからずっと足踏みしてしまっていて……」

僕はその足踏みをしたまま、希望も可能性も自ら捨てて独りを選んだんだ。

思い返すだけで今でも心が締め付けられるように苦しくなる。

「だから、私は当たり前が欲しい。当たり前の幸せが、欲しい。そう、思っていたの」

「どうして過去形なんだ？」

「ふふっ、どうしてでしょう？」

「当たり前に憧れる気持ちは分かる。でも、僕には憧れるだけでどうしたらいいのかが分からないんだ。だから教えてほしい」

水無瀬さんが、その願いへの答えを知っているのなら、一度諦めたことに背を向けなくても良いかもしれないと思ったから。だからどうしても知りたかった。

「本宮くん、私が前に言ったこと覚えているかな……？　変わろうとすればいいことがあるって」

その言葉は、僕の記憶にも新しいものだった。

水無瀬さんの初登校の日、その帰り道で水無瀬さんが言ったことだ。

変わろうとして、何かを変えようとして、そうして勇気を出して学校へ来た水無瀬さんが言ったこと。

そして、僕はその言葉の根拠も聞いていた。

その根拠とは。

──私は勇気を出して学校に行ったら、あなた、本宮くんと出会えたから。

僕という存在。

水無瀬さんは、僕と出会えたことを良い意味で捉えてくれているみたいだった。

そして僕も、少なくとも以前抱いていた当たり前への憧れを思い出さないくらいには、今の水無瀬さんと出会った後の日常を気に入っていた。

僕の日常に変化をもたらした彼女の方に視線を向けると、僕の思考でも読み取ろうとしているのか、その視線は僕に向いていて目が合ってしまった。

どうしてか視線を交わしていられなくて、咄嗟に目を逸らす。

水無瀬さんの真意に触れそうになって、どこかばつが悪くなった僕は、無理やり話題の方向転換をするしかなかった。言葉を失った僕を助けてくれたのは、視界に入った水無瀬さんの色鉛筆だった。

「えーっと……。それにしても、いつもその色鉛筆を持ち歩いているよね」

「うん、私にとってこれはお守りみたいなものなの」

僕が気持ちの置き場に困っている姿がおかしかったのか、口元を手で押さえて微笑する水無瀬さんだったけれど、僕の質問には素直に答えてくれた。

ただ、その返答が予想外なものだっただけに、自然と話が切り替わっていった。

「お守り？」

「そう、お守りだよ。これは私が初めて手にした絵画用品なの。どこにでも売っているような、市販の色鉛筆だけれど。当時の私が我儘《わがまま》を言って買ってもらったもので、それ以来手離せなくなってしまって」

水無瀬さんは懐かしむように、次々と言葉を紡ぐ。

「もちろん色鉛筆自体は使えば減ってしまうから、無くなり次第同じ物を買って、この箱に補充しているのだけれどね」

「そんなに大切なものなのか」

年季の入った色鉛筆の箱には無数の傷が付いていて、元々描いてあったのだろう虹のイラストがほとんど見えなくなっている。それが長年使われ続けている何よりもの証だった。

「大切、なんだと思う。きっと。これを手離すと不安になってしまうから。夜も抱えて寝てしまうくらいだもの。こんなの普通じゃないよね」

何か物に執着することで安心感を得ようとすることを、世界的に有名な漫画の登場人物を用いて『ライナスの毛布』と言った筈だ。

そんなことは誰だってあると思う。安心を得ようとして何かに執着することくらい。少なくとも、安心を得るために何かに執着するというのは、決して悪いことではない筈だ。

「おかしくなんかないよ。誰だって毛布を持っているものだ。僕だって、そうなんだから」

僕の習慣と化している母さんの仏壇に話しかけることは、ライナスの毛布に似ているようなものだろう。水無瀬さんはそれが色鉛筆だったというだけだ。

「そう、だよね……。本宮くんも一人暮らしで不安も大きいよね。やっぱり一緒なのかも。私達って」

悲しく笑っていた。

一緒だと、彼女は言ったけれど、それは少し違う。

僕よりも水無瀬さんの方がずっと不安に感じていると思うんだ。

もちろん、お互いに一人暮らしということで、その生活にも不安はあるだろう。だけど、ここで言っている不安はそういった断定的なものじゃない。

ライナスの毛布への執着が、その人の不安に比例すると考えれば、常に色鉛筆を持ち歩き、寝る間も離さない水無瀬さんの不安はとても計り知れたものではない。

当たり前を望む程の水無瀬さんは、どんな逆境に立たされているんだ。

ここまで物に執着するのは、言ってしまえば普通じゃない。

だったら、そのくらい執着してしまうような原因が、確かにある筈だ。

水無瀬さん、君はどんな不安に襲われているというんだ。

君は何を抱えているんだ。何を思っているんだ。何を見て今を生きているんだ。

「水無瀬さん、君は……」

——キーンコーン。

君は、どうしてそんな顔をするんだ。そう言った僕の声は、最終下校時刻を告げる鐘の音に隠れて消えた。

「本宮くん、そろそろ帰らないと」

水無瀬さんは今見せていた涙の無い泣き顔を穏やかな表情で覆い隠し、いつも通りを演じる。

僕に追及させる隙を与えてはくれないみたいだ。

「……そうだね、帰ろうか」

出会ってからまだ少ししか経っていないけれど、その間に時折見せた水無瀬さんの切なげな表情が気がかりだった。

他人に関わることを避けてきた僕が、自らその他人のことを気にして頭を悩ませている。水無瀬さんは以前、僕に理解者になることを期待しているように言っていたけれど、僕も彼女に何かを期待しているのかもしれなかった。

ただ、彼女の抱えている何かに僕が足を踏み入れるにはまだ共有した時間も、心を通わせた深さも足りていないように感じる。だから、穏和で充実感のある今を無理に変えようとはせず、そんな和やかな日々を享受しようと思った。

帰る準備をしている水無瀬さんの方へ視線を向けると、先程話題として挙げた色鉛筆を片付けている最中だった。よく見ると、色鉛筆一本一本には、あお、あか、とその鉛筆毎の色名が記されたテープが貼られていた。まるで幼稚園児の使う色鉛筆のようだった。幼い頃から使っている色鉛筆と言っていただけに、初めて手にした時の喜びを忘れないように昔の形をそのまま再現しているのかもしれない。

「雲が夕陽を隠し始めている。一雨来るかもしれないよ」

「本当だ、いつの間に。急がなきゃね」

水無瀬さんが準備を終えたことを確認すると、僕は立ち上がり、右肩にバッグを掛ける。

「さあ、雨が降る前に帰ろう」

「うん」

昨日のように、二人肩を並べて帰路に着く。そんなことが当たり前になってきているることが僕にとっては嬉しかった。その反面、僕なんかが幸せだと感じてしまっていいのかという罪悪感と不安があったこともまた事実だった。


その日、結局雨は降らなかった。

翌日もその翌日も雨が降ることはなく、相当に早い梅雨の終わりだった。

これからは蝉《せみ》が鳴き出す季節だ。向日葵《ひまわり》は空を見上げ、逆に人は熱さ故に下を向く、そんな季節が目前に控えていた。また、夏休みという、どうも僕には時間を持て余してしまう長期休暇も迫ってきていた。

度々、水無瀬さんとの描画会は開かれ、彼女の姿を絵として残した。偶にみずきさんも興味本位で参加してくることがあり、そんな時は二人を描くこともあった。その度に、僕の手元には絵という形で、思い出という僕には縁遠いと思っていたものが増えていった。それと同時に僕の周りには笑顔も増えていった。

授業中、先生の話なんかお構いなく絵を描いていた僕が、先生に名指しされて動揺する姿を見て、水無瀬さんにクスッと笑われてしまったり。

休み時間、利き手じゃない方の手でお互いの似顔絵を描き合って、その下手くそな絵を見て一緒に笑ったり。

放課後、一緒になって描画会に夢中になりすぎて、最終下校時間を超えても一向に帰らない僕らを説教しに向井先生が追って来て、それから二人して懸命に逃げ出しながら『青春だね』って言って笑い合ったり。

そんな、やっと僕が笑える場所を見つけた高校最初の七月も、半ばまで過ぎていった。

夏休み五日前、それまでは比較的穏和な日々を謳歌《おうか》していた。

それまでには期末考査もあって、テストの結果は散々だった。勉強なんかお構いなしに絵を描いていた僕は、夏休みに行われる補習を義務付けられた。

水無瀬さんはテストの結果云々《うんぬん》以前に七月までは学校に来ていなかったのだから、

それ以前の授業内容の補習があるみたいだった。

どんな形であれ、夏休みも水無瀬さんに会えることになった。これなら描画会はまた行われるだろう、そう思うと柄にもなく喜んだ。


そして夏休みまであと四日と迫った七月十五日。その日はテスト明けで、久々に僕の唯一好きな教科である美術の授業があった。

美術の担当教師である向井先生は基本的に自由だから、授業は言ってしまえば緩い。そのせいか、美術の授業は生徒から人気があり、テスト明けということも相俟ってみんな足が地についていない様子だった。

「本宮くんは何描くの？」

「んー、どうしようかな。みずきさんこそ何を描くか決めた？」

今日の美術の授業で出された課題は『一学期の集大成。入学してから今まで、この学校で最も印象に残っている事を絵にしなさい』というものらしい。注釈を付けると、絵の具を用いて描かなくてはいけないという制限はあった。

ちらほらと授業中だというのに教室から出ていくクラスメイトがいるのを見るに、

どうやら自由行動らしい。この上なく自由な授業だ。

「私は自分達の教室を描こうかな。やっぱり、思い入れが一番深いのは教室だと思うから」

「そっか、まあそうだよね。印象に残った事と言われても、ずっと教室にいるような一学期を過ごしていたから、僕も教室を描くよ。と言っても、いつも通り教室から見た景色を描くだけなんだけど」

そう言って僕は授業開始時に配られた画用紙に、今から描こうとしている絵の完成像をイメージする。

左隣を窺うと、水無瀬さんは描く絵を決めかねているようだった。

「月ちゃんは何を描くの？」

さすが委員長。困っていそうな人がいるとすかさずフォローを入れる。

「えっと……、じゃあみずきさんと本宮さんが会話してるところを描きたいな。私はこれまでそんな二人を見てきたから。いいかな？」

「あ、うん！　分かった！」

僕は分かっていないのだけれど。

まあしかし、僕はみずきさんと会話を交わすことにも随分慣れてしまったみたいだ。

今更みずきさんと会話していてと言われたところで、たじろぐことはない筈だ。

元気よく返事したみずきさんは、早速僕と他愛のない会話をするべく、様々な話題を振ってきた。

僕らはまるで三角形の頂点を結ぶかのように、互いの事を見つめて絵を描いていた。僕はいつものように窓からの景色を背景に隣席を描く為に水無瀬さんの方を見ながら絵を描き、水無瀬さんは僕と会話しているみずきさんを見て絵を描き、みずきさんは教室を描くと言いながらも水無瀬さんのリクエストに応じるべく僕と話す為に必然的に僕の方を見て絵を描く。

三者が一周するように互いを見つめて絵を描いている光景は、きっと傍から見たらかなりシュールな絵面になっていそうだ。

「月ちゃん、緑色の絵の具貸してくれない？　こっちの絵の具、何色か抜けちゃってるんだよね」

学校から貸し出された絵の具を使っているのだが、やはり学校の用具は万全ではないらしく、揃《そろ》っていない色もあるそうだ。

「あ、うん。どうぞ」

「それ赤色だよ月ちゃん！　間違えてる間違えてる」

苦笑混じりにみずきさんは水無瀬さんの間違えを指摘する。

「あ、ごめんね……。寝ぼけてるのかな、私」

水無瀬さんは目を擦り、絵の具の入った箱毎みずきさんに渡した。

「ありがと！って月ちゃんのにも緑色無いじゃん！　じゃあ本宮くん貸してくれるかな？　私と月ちゃんで使うから」

みずきさんの言い草が僕のことを欠片も考慮されないことに文句の一つも言いたくはなるけれど、結局は何も言えないのが僕という人間だ。素直に手渡した。

「本宮くんも使いたい時にはそう言ってね」

「ああ、そうするよ」

優しい水無瀬さんだった。

もっとも、僕は絵の具を使っては満足に描けないのだから使われていても問題はない。課題には反してしまうけれど今回の絵も鉛筆のみで描くことにしよう。そう決めると、心なしか絵の進みは早くなった。

かくして僕らは三者三様の絵を美術の時間をいっぱいに使って描き上げた。

僕は鉛筆だけで仕上げたモノトーンの絵を、水無瀬さんは相変わらずの天才的な色彩豊かな絵を、そしてみずきさんは僕の絵の色が見えたことから予想はしていたけれど、才能溢れる個性的で独特な絵を描いた。

絵を提出する際に、僕ら三人は互いの絵を見せ合ったが、それは三つの絵が繋《つな》がるようになっていて、むしろ三つを繋げて一つの絵にしてこそそのものだというふうに思えた。

その繋げた絵を見ている僕らは自然と笑みを零した。それはまるで、絵の中の僕らが三角形に互いを見つめ笑みを交わし合っている様子そのもののようだった。

これは後で聞いた話なのだけれど、僕ら三人に交流があったことを知らなかった大半のクラスメイトは、笑い合っている三人を見て狐につままれた様子だったらしい。

普段は表情の乏しい水無瀬さんが僕に笑いかけていたり、クラスの人気者であるところのみずきさんが今までずっと孤立していた僕と馴《な》れ馴れしく話していたりと、そんなところを見られてしまったせいで、残りの三日間の学校は嫉妬と羨望に満ちた眼差しが全方位から向けられ、僕にとって教室内が針の筵《むしろ》以外の何ものでもなくなってしまった。

「本宮と水無瀬と蒼井は、今日の放課後美術室に寄るように」

入学して以来、初めて教師から呼び出しをくらった。美術室といえば、向井先生専用の職員室みたいなものだ。

「先生、私今日用事があって残れないんですけど、後日じゃ駄目ですか?」

「なら蒼井は明日の朝、職員室に来てほしい」

「えー、職員室って苦手なんですよね」

「なに、心配せずとも説教ではないよ」

なぜかとても嫌な予感がしてきた。僕と水無瀬さんの他に違う名前が混じっていた気がする。蒼井だと？

「本宮くん、呼び出される理由って何だろうね？」

人がいる中で声を出すのが未だに恥ずかしいのか、水無瀬さんは僕の耳に片手を覆い耳打ちした。

やめてくれと叫びたかった。そっちの方が確実に目立つから。男子からの視線が痛いから。

「何だろうね、僕ら三人が揃って似てる絵を描いたからかな？　それより蒼井って……」

「ということだから、悪いんだけど今日の放課後は二人で美術室行ってね」

目の前には両方の手のひらを合わせてウインクをしているみず……蒼井さんがいる。

「えっと、みずきさんの苗字って蒼井って言うの？」

「あはは、ばれちゃったね。今更だけど私の名前は蒼井みずきだよ」

顔が火照っていくのがよく分かる。僕は今までクラスメイトの女子を下の名前で、ファーストネームで呼んでいたというのか。

「な、何で教えてくれなかったんだよ、僕ずっと下の名前で……」

「だってさー、前に私から名乗ろうとした時、本宮くん私のことみずきさんって呼んでくれたじゃん。だからそのままにしておいた方が楽しいかなって」

　クラス中の男子から鋭い視線を感じる。みずきさんを、いや蒼井さんを下の名前で呼んでいたことが余程羨ましいんだろう。改めて感じる彼女の人気の程。

「楽しいって、ただの嫌がらせじゃないか」

「嫌がらせって感じちゃった？　私は実際楽しかったけどなー」

「それはお互い様だよ。今逃げ出したいくらい恥ずかしいさ」

「私だって最初いきなり名前で呼ばれた時恥ずかしかったんだから」

「あ、いや、それはごめん」

　確かにこのことに関しては僕が悪いように思う。きちんと授業を聞いていれば、先生が蒼井さんのことを苗字で呼んでいることは少なからずあった筈だ。彼女は学級委員なわけだし。

「それとも、本宮くんは私のことを名前で呼ぶのがそんなに嫌だった？」

「別に嫌ってわけではないけど……」

　ますます強まる男子達の視線。その視線だけで僕の体が蜂の巣にでもなってしまいそうだ。

「ふーん、そんなに嫌だったんだぁ」

はいはい、分かりました。こういう時は吹っ切れたもん勝ちだ。

「全然、これっぽっちも、全く以て嫌じゃなかった。むしろ今思えばご褒美のようなものだよ。名前で呼べて嬉しいなあ。これでいいでしょ、蒼井さん」

「みずき」

「……みずきさん」

ああ、更にも増して男子どもの視線が強化された。制服越しに突き刺さるクラスメイトの視線は、既に物理的影響を及ぼしてきそうなくらいだった。

「んまあ、良し。それで許したげる」

結局これからも下の名前で呼ばないと、この委員長は許してくれなさそうだ。せめて、気づくことがなければ恥ずかしくなかったし、男子の目も気にしなくて済んだというのに。

「ふふ、本宮くん大変だね」

「ああ、とてつもなく大変だよ」

肩を竦めて、大変さをアピールする。

今は水無瀬さんの温かな視線だけが僕の唯一の救いだと思えた。

「え、まさか水無瀬って名前、下の名前じゃないよね？」

「ちゃんと苗字だよ。私の名前は水無瀬月、月と書いてゆえと読むの」

水無瀬さんはからかうように言った。

そして、やけにファーストネームを主張する水無瀬さんでもあった。

やっとの思いで放課後だ。

先程の一件で、僕とみずきさんに面識があるということが露見し、その上、僕とみずきさんは下の名前で呼び合う仲だというかなり盛られた噂が忽《たちま》ち広まった。

そのせいで、一日中同性からの視線に恐怖する破目になったのだ。

いったいどれだけの人気を集めればこんなにも嫉妬で恐怖を感じるようになるんだっていうんだ。もはやその人気の底知れなさが最大の恐怖だ。

「人気すぎるというのも考え物だ」

それに、みずきさんもみずきさんだ。僕が他の男子達から面白くないと思われていることを知っているくせに、いつも以上に突っかかってきた。それこそ単なる嫌がらせではないか。

「お疲れ様」

「ありがとう水無瀬さん。最近で一番疲労を感じた一日だったよ」

苦笑しながら愚痴にならない程度に文句じみた言葉を漏らす。

「それはそれは。じゃあ肩でも揉《も》もうかな」

「今日の水無瀬さんはやけに優しいな」

「私はいつでも優しいもの」

「ああ、それもそうだね」

「そこ、何か突っ込んでくれないと困るよ……」

「はは、ごめんごめん」

ゆっくりと僕の背後に気配が近づく。

「何だか今日は本宮くんに優しくしたくなる一日なの」

そう言うと水無瀬さんは僕の肩に両手を被せ、そのまま力を込めた。

「何となくだから。他意はないよ。ただの自己満足だもの」

「自己満足か、それでも嬉しいよ」

「喜ばせる為にやっているわけではないの。……単なる自己満足だから。変な勘違いしないでね？」

「しないしない。でも、本当に嬉しいんだよ」

肩に一定のリズムで圧力の緩急がつけられていく。

それは上手とは言えない肩揉みだったけれど、何よりも、僕の肩に触れる小さな手の温もりが僕の心を癒した。

「私は、本宮くんと出会ってとても変わったよ」

水無瀬さんは唐突にそう言った。

確かに、日を重ねる毎に僕の目からでも分かるくらいに水無瀬さんには表情が増えている。それは良い傾向に思えた。

「それは僕も同じだよ」

「それは良い意味で、かな？」

「もちろんだよ」

「なら良かった……」

「水無瀬さんは？」

「私は、両方だよ」

「両方……？」

僕は何か悪影響を与えてしまっていたんだろうか。

最近の水無瀬さんの表情を見ているうちに、僕は水無瀬さんと良い関係を築けていると思っていたのだけれど。

「うん。私は本宮くんに出会ってから、灰色の毎日がだんだんと色づき始めたのを感じてる」

でも、と言って水無瀬さんは少し間を空けてから続けた。

「私は最近、家に一人でいると急に寂しくなることがあるの。今までは違ったのに」

「…………」

「これはきっと本宮くんのせいだからね？」

そう言う声は弱々しく、そんな声音に寄せられて背後の水無瀬さんを見上げると。

「あーっ、こっち向いちゃ駄目だよ」

傷心しきった声とは対照的に、クスリと微笑む顔があった。

「水無瀬さん、嘘ついたよね？」

僕の心配が無駄だったじゃないかと、苦言を呈したくなる。

「いいえ、嘘なんかじゃないよ」

「え？」

「まあ、困らせる為に言ったのも本当なのだけれど」

そう言って、再び水無瀬さんは楽しそう薄く笑った。

そんな彼女の手のひらはとても温かく、肩揉みというよりも、その温もりが心地良かった。

僕の心も彼女の手の温かさに同調していくかのように和やかになっていった。

「そろそろ美術室へ行かないと」

いつの間にか手は離され、水無瀬さんは支度をしていた。

この時間を惜しむ僕であったけれど、確かにそろそろ美術室に行かなければ先生が待ちくたびれていそうだ。

「そうだね」

僕も荷物をバッグに詰める。今日の描画会は行われないようだ。

「それじゃあ行こうか」

水無瀬さんにはしっかりと僕の隣を歩いてもらう。以前移動教室の授業があった際に、いつの間にか水無瀬さんがいなくなっていたのだ。以前から思っていたのだけれど、学校で道に迷ってしまったり、絵の具の色を間違えてしまったりと、少し抜けているところがあるように見える。

「いきなりどこか行かないでね……？」

今では懐柔された小動物のように後ろに付いてきてくれるので、何だか微笑ましく思えてしまう。

美術室に着いた僕らは他の教室と比べて少し古びたドアをノックする。しかし、僕らを呼び出した圧のある女性の返事は聞こえない。

「美術室の中で待とうか」

「うん」

例のようにスペアキーを用いて鍵のかかったドアを開け教室に入る。

嗅ぎ慣れた油絵の具の匂いはやはり僕の心を落ち着かせる。それは絵を描いて育ってきた水無瀬さんも同じようだった。鼻をクンクンとさせている水無瀬さんの顔からは懐かしむような表情が見て取れた。

「何というか、散らかり放題だね……」

水無瀬さんの最初の感想はそれだった。相変わらず物が散乱した足場のない程の教室だった。

「水無瀬さん、美術室は初めて？」

「うん、初めてだよ。今までも気にはなっていて、一度くらい足を運んでみたいと思っていたのだけど、一人で行って辿り着けなかったらと思ったらね……」

声量が小さくなっていた最後の言葉は聞かなかったことにしておこう。

「確かに利用することってないよね」

「それにしても、どうして学生の本宮くんが美術室の鍵を持っているの？」

「ああ、これはよく美術室を使っている僕に向井先生がいちいち鍵を借りる必要がないようにとスペアキーを貸してくれたんだよ」

「なるほど。単に鍵を貸すのが面倒だったと」

「そういうことだろうね」

向井先生、黙って動かなければ、綺麗な大人の女性って感じなのにな……。

「先生、なかなか来ないね……」

「呼び出したのは先生なのにね。まさかもう帰ったとか」

「向井先生、適当そうなところあるもの。もしかしたら……」

「それは困ったな。まあとりあえずは待ってみようか」


それから十分後。

「来ない、ね」

「ああ、来ないね」

二十分後。

「呼び出されたのって、この美術室で間違いない筈だよね……？」

「その筈ですだけど、自信がなくなってきたな……」

三十分後。

「…………」

「…………」

一時間後。

「……そろそろ帰ろうか」

窓の外は真っ暗だった。

「一時間も無駄にしちゃったね。せっかくなら絵でも描けば良かったな」

美術室に立て掛けられた時計の短針は時計一周の後半部分に差し掛かっていた。

そして、僕が帰ろうとバッグを持ち上げた時だった。

——ガチャ。

何か不吉な音が聞こえたような気がした。

音の聞こえたドアに手を掛けた水無瀬さんはなぜか弾んだ声で言った。

「本宮くん本宮くん、ドアが開かないよっ」

「そうか、ドアが開かないのか」

本当だ。水無瀬さんの言う通り、目の前の扉は固く閉ざされている。

いくら押しても引いても叩いてもドアはびくともしない。

美術室のドアには内側から差し込む鍵穴が無かった。今の僕達は、文字通り八方塞がりになってしまったようだった。

事の重大さに気づいた僕は、この状況を打開すべく他の方法を模索するけれど、何も思いつかない。

このままだと、水無瀬さんと密室で朝を待つことになる。それだけはまずい。

健全な男子高校生である僕が最も危惧したことはそれだった。

学校の教室に閉じ込められたり、そのまま一夜を明かしたり、騒ぎになりそうなことは幾つもあったが、その中でも僕が最大の焦りを見せた理由は、やはり異性と朝を待つということだった。その場所が、学校というのだから、何と言うか更にまずい気がする。

微かな希望を胸にドアを叩いて大きな音を出してみたり、声を出して助けを求めるが、しかしそんなことは石に灸《きゅう》だった。

「本宮くんとても焦っているけれど、早く帰らないといけない理由でもあるの？」

「いや、そういうのは特にないけど……」

帰れないことではなくて、今の状況に焦りを覚えているのだ。

「ならいいんだよ、このままで。私はむしろ帰らなくていい理由ができて喜びすら感じているくらいだもの」

「でも、僕と夜を明けるなんて嫌だろう。早く出る方法を探そう」

「いいの。……独りでいるよりずっといい」

それでは僕が良くない。早急にここから脱出しないと。

しかし、動き出そうとする僕を水無瀬さんは僕の制服の裾を引っ張ることで止めた。

「だから！　何もしなくていいの。今はまだこのままでいさせて……、お願いです」

水無瀬さんは僕の制服の裾を引っ張り俯いたまままそう言った。

途轍《とてつ》もなく不安そうにする彼女を前に、僕は触れることも振り払うこともできずに、美術室の木製の長机に座り込むしかなかった。

　水無瀬さんも僕に倣って腰を掛ける。隣に座る水無瀬さんは何をするでもなく、ただただ俯き、沈黙を決め込んだ。

　照明の一つも点いていない美術室に入り込む月明かり。その明かりだけが僕ら二人の空間を淡く照らしていた。

「よし、帰らないなら、絵を描こう」

「えっ、いいの……？」

「いいんだよ。どうせ帰ってもやることないし」

「……ありがとう」

「さあ、何を描こうか。せっかく夜なんだし、月でも描こうかな」

「月……？」

「それも二つの月を描こうと思うんだ」

「何を言っているの？　月はほら、一つしかないもの」

　そう言って、窓の外に見える煌《きらび》びやかな満月を指差した。

「いいや、ある。というかいるよ。僕の目の前に」

「ああ。変な言い方されると分からないよ。それに読み方も違うし」

　文句を言いながらも、水無瀬さんの表情はにこやかだった。

「そういう事なら、私は何をしていればいいかな？」

「そうだな、じゃあ窓の縁に手をかけて、月を眺めるようにしていてくれる？」

そう言うと、水無瀬さんは立ち上がり、僕の目の前まで移動した。

窓を開けて、その縁に片手を添え、夜空を眺める。僕のイメージ通りのポーズだった。

水無瀬さんは、何度か行われた描画会を経たおかげかモデルが様になっていた。容姿が美しいだけに、様になると見ている僕の方が緊張してしまう。

「こんな感じでいいの？」

「大丈夫だよ。ありがとう。立っているのに疲れたら言ってね」

「うん、分かった」

この返事が夜の描画会を開始する合図となった。

絵を描き始めて訪れた再びの沈黙。度々聞こえる虫の音は、夏という季節を感じさせた。

開けた窓から入り込む夜風は心地良く、僕ら二人きりの教室は穏やかな空間に包まれる。

月光がきらめくこんな静かな夜には、クラシックを聴きながら絵を描きたいと思ってしまう。クラシックって聴いているだけで集中力を高めてくれるような効果があると思うんだ。

脳内では月夜に合いそうな落ち着いたクラシック曲を流しながら、聴覚は夜風や虫の音を拾ってくる。調和の取れた音達は、いつもとはまた違った趣があっていいなと感じた。

しかし、まだ絵の下書き途中の段階で、そのあまりの心地良さに気持ちを緩めていた僕は、不意に目に飛び込んだ彼女の横顔を見て、胸が穿《うが》たれたかのような苦しみを覚えた。

送られる視線の違いに気づいたのか、水無瀬さんは僕の方に振り返った。

「どうかしたの？」

「い、いや、何でもないよ」

そうは言うものの、僕の胸の苦しみは増すばかりだった。

先までの心地良さとは対照的な、圧迫するような胸の苦しみ。

理由は分かっている。

穏やかな夜風に吹かれる凛とした彼女の横顔に、儚さを感じたからだ。

それは僕がまだ誰とも関わっていなかった頃、水無瀬さんに初めて会った時に知った感覚だった。

思い出す。君、水無瀬さんとの出会いを。

六月の最終日。僕は水無瀬さんと出会った。涙を流す水無瀬さんと教室で偶然にも居合わせてしまった。

そして、その時見た水無瀬さんの雰囲気と、今目の前で夜空を見つめている水無瀬さんの纏う雰囲気が酷似しているんだ。

月光に照らされた水無瀬さんの髪は、あの日見た儚い少女の髪のように透き通っていて、その光を吸収したみたいに輝いている。目の前の水無瀬さんは茶髪の筈なのに、その髪は今だけは白く光って見えた。

とても、美しかった。

まるであの日に戻ったかのような錯覚に陥った。違いと言えば場所が美術室なことと、差し込んでいるのが西日の光ではなく月の光だということくらいだ。

「本宮くん、本当に気分が悪そうだよ？　大丈夫……？」

「いいや、大丈夫だよ。何も心配はいらない」

「そう？　何かあれば、本宮くんこそすぐに言ってね」

「うん、ありがとう」

僕を心配してくれている水無瀬さんの表情が、涙を流すあの日の少女と重なる。

――今更気づいてしまった。

最近は表情が柔らかくなってきた水無瀬さんだけど、当時の無表情さからは考えられないことだ。水無瀬さんが泣くなんてことは。

普段笑顔さえもなかなか見せない彼女がとめどなく涙を流すなんて、何か特別な理由がある筈だ。

水無瀬さんは僕の絵を見ながら涙を流していた。

では、どうして僕の絵を見て涙したのか、それを考える必要があるように思った。

水無瀬さんと出会ってからまだあまり時間は経っていないけれど、おそらく誰よりも彼女と時間を共有した。お互いに独りぼっちということもあって、理解も深まり心を通わせることも多少はできたと思う。

彼女の抱えていることを知るには共有した時間はまだまだ短い。しかし、それを知り水無瀬さんに近づかないと、彼女が僕の前から消えてしまうような不安があった。

そんな儚さを纏っていた。

だから僕は、自分が安堵する為だけに彼女の内を探る。

だって僕はまだ、君と一緒にいたいから。

鉛筆を走らせる手は止めずに、記憶の海に潜る。

今まで一緒に過ごした時間の中に答えがある筈だと信じて。

水無瀬さんと初めて会った日、僕の絵を見て泣いていた水無瀬さんが残した書置きには『私、あなたの絵が好きです』そう書かれていた。それが彼女の最初の言葉だった。あの言葉から僕と水無瀬さんとの友達とも言い難い不思議な関係が始まった。

やはりそこからも推測するに、僕の絵に何らかの意味があるのは確かだろう。

僕が水無瀬さんと今まで一緒にいた中で、絵に関して気にかかったこと、それはどんなことか。

まず、水無瀬さんが僕の絵を初めて見た時の絵に対する感想を思い出す。水無瀬さんは当然のように僕の白黒の絵に色を見た。その時、彼女はこう言ったのだ――この絵の中の女性は金髪で、雲一つない青空が背景になっていて、その金の髪がキラキラ輝いて見えるの。あなたの絵を見て、そう見えたことが嬉しくて。

これが、彼女が最初に言った感想だった。単に綺麗な絵だとか、同じ絵を描く人間として改善点を指摘するのだとか、そういうことではなかった。

ただひたすらに、その絵の色が見えたということに喜んだのだ。

それからというもの、時折水無瀬さんには意味深な言動が見られた。その時の僕は深く追及しようとも、考えようともしなかった。しかし、それが水無瀬さんからの何らかのメッセージだったとすれば、考えない訳にはいかない。

次に気にかかったことは、交換日記ならぬ交換絵画をした際に交換したその絵だ。互いに大雨に打たれる校庭を模写したのだけれど、水無瀬さんから譲り受けた絵には、雨など降ってはいなかった。それはもう幻想的で芸術的な校庭が描かれていた。言葉を選ばずに言ってしまえば、美しくも不気味な絵だった。そんな絵を描いたことには理由がある筈だ。なぜなら、今日行われた美術の授業で描いた水無瀬さんの絵も、現実とは大きく離れた色使いの絵であったからだ。それはもう模写とは言い難い絵だった。さすがに授業の絵まで好き勝手描いている筈はないだろう。

そういう絵しか描けない理由がきっとあるのだ。

現在進行形で恙《つつが》なく滞りなく行われている描画会だけれど、その描画会が初めて開かれ、彼女の姿をポートレートとして初めて収めた絵を見て、モデル本人である水無瀬さんが言ったことも気にかかった。

——この絵を見て初めて自分の髪色を知ったよ。

この言葉だ。初めて会った時は白い髪をしていた水無瀬さんだが、学校に通う為に校則に従い茶色に染めたようだった。そして、染めた後の髪色を水無瀬さんは僕の絵を介することで初めて見たと言った。当時の僕はその言葉の意味を妙に難しく考えていたが、実際にはそんなに深い意味はなく、むしろ言葉通りの意味合いだったのかもしれない。

そこまで考えると、僕の脳内では、彼女の涙の理由の答えが形になってきていた。

そもそも、一度熟考しさえすれば、すぐにこの結論に辿り着いたんじゃないかと思ってしまう。ただ、その答えが僕の日常と離れ過ぎていて、思い浮かびもしなかっただけで。それは当たり前とかけ離れていたから。

僕の絵を見て涙した理由。その理由の最大のヒントとは、そもそもが僕の絵を見て涙したことなんだから。

水無瀬さんは、僕のことを私の理解者になれると変に評価していた。その真意も全て、僕のこの白黒の中に色が見えるという神妙な絵が発端なんだろう。

そして、そんな絵を描く僕自身に、水無瀬さんは自分の秘密に気づいてくれることを期待していたんだ。

だから、遠まわしに理解者と言った。私の秘密に気付いてほしいという意味を込めて。

僕の絵を見て感動したことにより涙を流したのは、紛れもない事実なのだろうが、その感動は普通の感動のベクトルとはきっと違うものなんだ。

水無瀬さんの技量をもってすれば僕程度の絵など容易に描けてしまう。ただ、水無瀬さんが見たのは僕の絵の技量ではなく、色だ。

僕の絵には、白黒の絵であるのに、見る人によっては色が見える、という特徴があった。それだけは水無瀬さんでも再現できないんだろう。

そして彼女は、モノトーンの絵の中に色が見えたからこそ感動したのだ。泣いてしまう程に感動したのだ。

それ程までに感動した理由というのが、

――彼女の視界には、世界には、色が無い。


そう僕は考えた。そうとしか、思えなかった。

これは僕の予想でしかない。本人に聞かない限りその正誤は分からない。

しかし、この予想を立てた上で再び記憶を掘り返してみると、水無瀬さんの意味深な言動に説明がつくのだ。

――この絵の中の女性は金髪で、雲一つない青空が背景になっていてその金の髪がキラキラ輝いて見えるの。あなたの絵を見て、そう見えたことが嬉しくて。

この言葉にも確信的な説明がつく。

水無瀬さんから貰った例の校庭の絵だって、描いた時が天候の悪い夕方頃で全体的に暗かった為、視界に色が無かったと仮定すると、ほとんど真っ暗に見えたのだろうと考えられる。そこで街灯などを頼りに、手本とした街並みの原型を描き、あとは気の向くまま、自分の描きたい世界を描いたのだろう。あの絵こそが水無瀬さんの精一杯の模写だったのだ。

――この絵を見て初めて自分の髪色を知ったよ。

僕の絵を介してでしか色が見られないと言うのなら、この言葉もそのままの意味だと捉えて間違いないだろう。

そして、水無瀬さんがライナスの毛布のように常に持ち歩く色鉛筆。その色鉛筆毎に貼られていた色名を記すシール。これは、単純に鉛筆毎の色を区別する為に貼っているものだと推察できる。

今日の美術の時間でも違和感を覚えたことがあった。尤もこれに関しては深く考えずとも疑問を持ったのだけれど。

それは、学校から貸し出された絵の具の色が不足していたせいで、みずきさんが水無瀬さんに絵の具を借りようとした時のことだ。

みずきさんは緑色の絵の具を水無瀬さんに借りようとした。けれど、水無瀬さんが渡した色は赤色だったんだ。見間違うことのない緑色と赤色。しかし、今回使った絵の具には色を判別するための文字は書かれていなかった。だから水無瀬さんの視界には、その二色の絵の具は全く同じ色に見えていた筈だ。故に間違えた。寝ぼけていたわけではなかったんだ。

この世のすべての色から全色同時に少しずつ色素を抜くとしよう。すると徐々に色は薄くなり、白色に近づいていく。そして全く同じタイミングで白色に染まった色は全く同じ色の濃さを持つとも言える。

色の濃さだけを頼りにするモノトーンの世界でそれを見たとしたら、それらの同じ濃さの色は全く同じ色に見えてしまうのだ。

そして、市販の絵の具などに入っている色は、色の濃さを一定にされている。さすがに黄色と青色であれば色の濃さなど一目瞭然だが、それを黄色と水色、赤色と青色と変えて濃さに注目してみると、どちらが濃いか薄いかなど一概には言えないんじゃないかと思う。

そういう似通った濃さの色というのが全て同じ色に見えてしまっているんだ。

彼女はずっとそんな色の無い世界で生きてきたんだ。

これが僕の導き出した水無瀬さんの涙の答えだった。

僕が記憶の海から上がった頃には、手元の月が描かれたポートレートは完成していた。

絵を描き始めてから既に二時間が経過していた。その間、水無瀬さんはずっと同じ体勢で立っていてくれたことになる。

その間、水無瀬さんは何を考えていたんだろう。

空に浮かぶ真っ白で、だけど美しく輝く月を見て、何を思ったんだろう。

僕は確信を胸に描き終えた絵を持ち、水無瀬さんのもとへ歩み寄る。

ずっと夜の街を眺めている水無瀬さんは、僕が席を立ったことに気づき、こちらに振り向いた。

「今日の月は本当に綺麗だね」

窓の外では満月が絢爛《けんらん》と夜の街に光を贈っていた。

それは見事な満月だった。

「うん、そうだね……」

しかし、水無瀬さんの返事は無気力でそっけないものだった。

でも僕はそんな返事を予想していた。

「いいや、嘘だよ。その返事は」

「えっ……」

水無瀬さんは虚をつかれたかのように、僕に視線を向け呆気《あっけ》にとられている。

「本当は満月なんか綺麗だと思っていないんだろう？　そればかりか、この世界のどんな景色だって美しいと感じていない筈だよ」

「何で……」

「なぜなら君の目には、月の輝きが……色が見えていないから」

「………」

僕はその無言を肯定と受け取り話を進める。

「僕には詳しいことは分からないし、僕から聞き出すつもりもない。だけど、気づいたんだ。水無瀬さんに対する違和感に。君の描く絵に抱いた違和感の正体に」

　一拍置いて、言葉を重ねる。

「僕は水無瀬さんの描く絵に憧れた。僕とは違って色を使いこなして色鮮やかな絵に仕上げる。それが羨ましかった。でも水無瀬さんは、自分の絵をちゃんと描けていなかったんだ。一見カラフルに見える絵はところどころ色がおかしかった。青色の植物や黄色の空。それらは水無瀬さん独自の作風だと思っていた。けど違った。……僕は、本当の水無瀬さんの絵が見たいんだ。今まで色が見えていない中で描いてきたのなら、僕は色が見えている状態の水無瀬さんの絵が見たい」

　自分勝手な言い分だということは理解している。しかし、これが僕の答えだったのだ。

　僕が水無瀬さんと一緒にいたいという気持ちの答え。

　僕は、水無瀬さんの本当の絵が見たいから、今も一緒にいることを望んでいるんだ。もっと彼女の絵を見たいから。これからも見ていきたいから。

「そんなことできたら苦労しないと思うかもしれない。たくさんの苦労を重ねても、それでもどうしようもなかったのかもしれない。誰に頼ることもできずに独りで悩んでいたのかもしれない」

一呼吸を挟むことで落ち着きを得て、それから最も伝えたいことを慎重に、言の葉にのせる。

「ならさ、僕が水無瀬さんの世界に色をつけるよ。もし良かったら、僕を頼りにしてもらえないかな？」

水無瀬さんが僕の空っぽの日常に色をくれたみたいに。

それが僕にできることだから。僕にしかできないことだから。

「僕の絵なら、色が見えるんでしょう？」

未だ呆然と僕を見上げている水無瀬さん。しかし、僕の言葉を聞き終えると、頬にスーッと一筋の光が流れ落ちた。

「水無瀬さん」

僕は努めて優しい声音で目の前の少女の名を呼ぶ。

水無瀬さんは名前を呼ばれたことで、我に返ったのか、ビクリと少し体を震わせて、僕に焦点を合わせる。

「絵、完成したよ。見てみる？」

涙を流したまま水無瀬さんはコクッと頷き、僕から絵を受け取る。

「どう、かな？」

水無瀬さんは何も言わない。ただ僕の絵を見つめる瞳からは涙が絶え間なく溢れ出していた。

その零れ落ちる一つ一つの涙が、夜空に流れる星のように、輝いて見えた。

それからも、涙はとどまることを知らずに溢れ続けた。

「今日の月は綺麗だろう」

「……うん、とっても」

涙声で彼女はそう言った。

そして、涙のとまらない顔を僕の方に向け、いつものように薄い表情で、でも誰よりも幸せそうに、破顔した。

その泣き顔は、あの日見た白い髪の少女の泣き顔とは違って、僕の心に和やかに記憶されていった。

第三章　憧憬の花火大会

水無瀬さんが泣きやむのを待っていると、今まで閉ざされっ放しだった美術室のドアが突然開いた。

「どうしてこんな遅い時間に生徒が美術室に残っているんだ」

怒気が込められた向井先生の声だった。

先生が照明を点けたのか、視界がいきなり白く染まった。

「って、本宮と水無瀬じゃないか。どうして二人がこんなところに、こんな時間に？というか、なぜ先生のところに来なかったんだ。授業の時、呼び出したよね？」

「いや、それは僕らのセリフですよ。先生が今日の放課後、美術室に来い。なんて呼び出したから行ったのに。ずっと待っていたんですよ？」

「ええ？　美術室？　私は確か、職員室と言った筈だけど……」

「いえ、美術室と言っていました。ね、水無瀬さん」

水無瀬さんは腫らした目を見られないように俯きながらも頷いた。

「嘘でしょ……え、それは……本当に申し訳ない……っ!!　私も職員室で待っていたんだけど、君達が来るの遅いなと思っていたら無意識に残業してしまっていて……」

常に強気で男勝りな向井先生が、素直に謝っているところを僕は初めて見た。

まあ、自分のミスを素直に受け入れ謝罪できる潔さも、この先生の魅力なのかもしれない。ほんと、僕の目線からでも格好の付いた女性に見える。

「本当に申し訳ない。でも私がこんなこと聞くのはおかしいことだと思うけど、どうしてこんなにも遅くまで残っていたの？　普通なら少し待って来なかったら帰ると思うけど」

「それが、帰れなくなってしまったんですよ」

「どうして？」

「美術室の鍵が閉められたからですよ。内側には鍵穴ありませんし。それに美術室だけは警備員ではなく向井先生が自分でいつも戸締まりしているんですよね？」

「そうだけど、私はまだ帰ってないんだから美術室はまだ閉まってない筈だよ。それに美術室の鍵は私が持っているのと、あと本宮が持っているものの二つだけなんだから」

「え、それならどうやって鍵が閉まったんだ？」

本当に謎だった。ホラーか何かなのではないかと疑ってしまう程に謎だった。

「本物のお化けなのかも。なんて」

向井先生はおどけて言ってきた。

「本物の？」

「私が今、美術室に来た理由って、他の職員から美術室の窓にお化けの影が見えたって大袈裟な連絡が来たからなんだ」

「まあ実際は本宮と水無瀬だったんだけど。って、水無瀬どうした！　そんなに目を腫らして！　もしかして、いや、もしかしなくても私のせい⁉　私が間違えていたせいで、美術室にとじこめられてしまって、その間本宮と二人きりだったから……」

「先生、さりげなく僕を傷つけないでください。水無瀬さんなら平気ですよ」

「いいや、そんなことはない。水無瀬、本宮に泣かされたんだね？」

「自分の罪を生徒になすりつけないでください。違いますよ。というか、先生のせいでもありません」

「……はい。本宮くんに泣かされました」

って水無瀬さん、ちょっと⁉

「本宮、さすがに温厚なことで有名な私でも女の子を泣かせることは許さないよ？」

どこにそんな鬼の形相じみた表情で迫ってくる温厚な人がいるんですか⁉

向井先生は拳の関節をパキパキっと鳴らしながらこちらに迫ってくる。

「でも、大丈夫ですよ先生。これはいい涙なんです。嬉し泣きなんです。先生は男の人に良い意味で泣かされたことが無いんですか？」

「……水無瀬、女の子だからって大人の女性を泣かすのはいけないことなんだよ？」

向井先生は今にも泣き出しそうな表情だった。表情の移り変わりが早かった。

「ああ、なるほど」

「と、冗談は置いといて、二人とも携帯電話くらい高校生なんだし持っているよね？」

冗談とは思えない程悲しい顔をして先生はそう言った。

「はい、持ってますよ」

「私も一応持ってます」

「ならどうして閉じ込められたと分かった時、学校に電話しなかったの？」

「「あっ……」」

普段から携帯電話を使う事がほとんどない為、そんな発想はもとより存在しなかった。

僕と反応が被った水無瀬さんも同じようなものなんだろう。

「まさか、二人とも考えつかなかったの？　ちょっと携帯見せて」

僕と水無瀬さんは言われるがままに向井先生に携帯電話を渡す。

「こうもあっさり他人に携帯電話を渡せる今時の高校生って、そんなにいないと思うけど」

なんて笑いながら人の携帯電話を慣れた手つきで操作する先生。どうやら電話帳を開いたようだ。そこには、真っ白な画面が二つあった。

「二人とも、携帯持っている意味あるの？　普段何に使っているのやら」

真顔でそんなことを聞かれた。

「時計代わりに」

「カメラの代わりです」

寂しい返答だった。

「毎月、金がかかる時計にカメラなんて、君達馬鹿だね」

辛辣な指摘だった。返す言葉もない。

「まあいい。本当は家まで送ってあげたいところだけど、私はまだ仕事が残っている、だからもう遅いから二人は帰って。呼び出した理由は今日の美術の授業で描いた絵のことで話があったんだけど、それについては明日蒼井と一緒に職員室に来てほしい。あと、呼び出しておいて、場所間違えて申し訳ない。本当に……」

「気にしないでください。閉じ込められていた間も有意義な時間でしたから」

実際、あの時間があったから水無瀬さんと距離を縮めることができたのだ。

「ふうん、有意義な時間ねぇ。こんな遅くに、学校の教室に閉じ込められて、高校生の男女二人きりでねぇ」

「何もないですって。変な詮索しないでください」

先生は隠すつもりはないのか、僕のことを歪んだ眼差しでニヤニヤと見ていた。

そんなんだから、良い男ができないんですよ。と苦言が口から漏れるのを必死に抑える。

「その話はまた今度にして、もう君達は帰りなさい。気をつけてね」

「今度も何もないですよ。さよなら」

「さようなら、先生」

水無瀬さんと先生は仲良く手を振り合っていた。

「本宮、君は水無瀬のこと家まで送っていくんだよ」

「分かってますよ！」

「そりゃ結構」

そうこうして、未だニヤついている先生を置いて、僕と水無瀬さんは日付が変わる前に帰路に着くことに成功した。

「向井先生ってかっこいいし綺麗だし、いい先生だよね」

「まあ、そうだね」

「本宮くんもやっぱり先生みたいな人がタイプなの……？」

「それだけは絶対に無い」

一応、一件落着だ。

……僕は今、想像もしていなかったある種ピンチとも呼べる状況に立たされていた。

僕の前には数少ない食材が並べられた広々としたキッチン。微かに聞こえるのはシャワーの音。場所はクラスメイトが一人暮らしをしている家。

未だかつて無い危機だった。

シミ一つない真っ白な天井を仰ぐ。

「……どうしよう」

こんな状況になってしまった原因とは、みずきさんに「人のこと言えないじゃん」と言われてしまいそうな程の、僕のお節介精神からだった。


先生に言われたからではないけれど、先生に言われたとおり、僕は水無瀬さんを自宅まで送った。

方向音痴の水無瀬さんのことだから、学校から自宅までの道のりは余程近いのか、それとも余程分かりやすい一本道みたいなものだろうと思っていたのだけれど、全くの見当違いだった。

それは、巨大迷路の如く、人を迷わせる為に設計されたかのような配置の住宅街だった。その迷路を抜けた先に水無瀬さんの自宅はあった。

そこは水無瀬さんが一人で暮らしているらしいのだが……。

「大きすぎるっ⁉」

僕がしていた想像の何倍もの大きさの家、というより豪邸だった。

建物の外見は新築の一軒家をそのまま大きくした感じだ。

「やっぱりそう思うよね……」

「ここに一人で暮らしているの？」

「うん、そうだよ」

二階建てみたいなのだが、同じ二階建ての僕の家とは比べ物にならないくらいに大きかった。

僕の家でさえ、一人で住むには大きすぎるというのに、水無瀬さんの家は一家族で住むのにも余りある大きさだった。

「せっかく家まで送ってくれたのだから、とりあえず上がってゆっくりしていって？」

「え、いや、僕はもう帰るよ」

「あっ……、そうだよね。もう時間も遅いもの、帰った方がいいよね。引き止めてごめんね……」

僕は何もしていない筈なのに、水無瀬さんの寂しそうにも見える薄い表情のせいで途《と》轍《てつ》もない罪悪感に襲われた。

「あ、あー、そうだな、歩き疲れたし少しだけお邪魔しようかなあ」

学校から水無瀬さんの家までは徒歩で二十分もかからずに着く距離にあった為、特に疲れたわけでもなかったが、このまま帰れる程僕のメンタルは強くなかった。

「うんっ、そうした方がいいと思う。ゆっくりしていってね」

僕の言葉に水無瀬さんは満足そうに微笑んだ。

「同級生を招待するだなんて初めてだから少し緊張してしまうけれど、どうぞどうぞ」

「お、お邪魔します」

水無瀬さんが家の扉を開けると、まず目に入ったのは仄かな光を灯す玄関の左右に備え付けられた行燈《あんどん》だった。

「行燈とか、初めて本物を見たな」

和の代名詞とも言えそうな日本の旅館を思わせる玄関に感動しつつも、僕は水無瀬さんの後を追うようにしてついていく。水無瀬さんが通る廊下には次々と照明が点いていった。それはオート式の照明なのだと思うのだけれど、その照明が僕の目には自分の意思を持って、帰宅した主人を迎え入れる為に光を放っているように見えた。

シャンデリアの飾られた部屋や、襖《ふすま》の畳部屋があったが、水無瀬さん曰《いわ》くそれらは客間らしかった。僕を通すのは客間ではなく、リビングらしい。

そして、幾つかの部屋を通り過ぎてリビングに入った。

リビングは案外普通なもので（広さは普通じゃないけれど）、白色で統一された家具が小綺麗に並べられていただけだった。

水無瀬さんの家にいると、日本の旅館や、西洋の豪邸、一般的な家、そういった様々な部屋のカタログを見ている気分になった。

生活感が皆無なのだ。

「本宮くん、お腹減っていたりしない？」

「少し減っているかな」

もう既に、映画を一本でも見れば日付が越えてしまいそうな時間なのだ。空腹なのも無理はない。

「とは言っても家には何もないの。だから、良かったら一緒にどこかへ食べにいかないかな？」

「え、何もないの？」

「恥ずかしながら、全然……」

「ちょっと見てもいい？」

「う、うん」

僕は許可を得て、冷蔵庫、冷凍庫と開けてみる。

そこには目を疑う光景が広がっていた。

冷蔵庫には少量の野菜と缶詰、そして大量のゼリー飲料。冷凍庫は冷凍食品のオンパレードだった。何もないことにはないのだけれど、見逃せない食事情がそこにはあった。

冷蔵庫の隣には、この白い部屋には場違いな積まれたダンボールがあり、それを開けると、

「カップ麺に、レトルト食品……」

「そっちを見るのは許可してないよ！」

水無瀬さんが怒っているところを僕は初めて見た。

それは新鮮で、やはり新しい表情が見られる度に僕はどこか満たされるような気分になれた。

「水無瀬さん、ご飯はちゃんと食べないと駄目だよ」

冷蔵庫の横、ダンボールではない方の隣には保存庫みたいなものがあった。そこには小麦粉や調味料、パスタなど、保存がききそうなものがあった。

これだけあれば、何か作れそうだ。

「分かってはいるのだけれど、自分で作ろうとすると全部真っ黒になってしまって……。だからやっぱり外食や簡単な物になってしまうの」

「ぜ、全部真っ黒か……」

「残念ながら……。そうする度に食材に対して罪悪感が芽生えてきてしまって……」

食事情の問題の根源はそこにあるのかもしれなかった。

「じゃあ、僕が作るよ。だからキッチン借りてもいい？」

「それは全然構わないけれど、来てくれた挙句、料理してもらうなんて悪いよ」

「いや、外で食べるとお金もかかるし、それにもう時間も遅いんだから。僕に任せてみて」

「……分かった。じゃあ、お願いします」

「水無瀬さんはその間にお風呂でも入ってきなよ」

「え？　あ、うん。そうさせてもらうね」

「使っちゃいけない物とかある？」

「ううん、何でも好きに使ってもらって構わないよ」

「了解。ゆっくりしてきなよ」


こうして僕は軽率にも、人生初の女の子の家へと足を踏み入れてしまったのだった。

そして、家族がいた頃の名残というか癖で、妹に夕食を作ることが多かった僕は、当時の妹に言うように「お風呂入ってきたら？」と促してしまった。

「まあ作るしかないよな。うん、無心でいよう。聴覚はシャットダウンだ」

今ある食材で、尚且つ短時間で作れる物は限られている。だから何を作るかで迷うことはなかった。

人の家のキッチンを独占する時間は極力減らしたいので、洗い物を減らすように努める。とりあえず、包丁は使わない方向でいこう。

大きなペニンシュラ型のキッチンの上にはパスタ、トマト、バジルの代用にパセリ、オリーブオイル、にんにくチューブ、弾力のあるフレッシュチーズ、塩とコショウが用意されている。材料はそれだけで十分だ。

調理開始。水無瀬さんが戻ってくるまでに完成させるつもりだ。

まずは、たっぷりと鍋に水を注ぎ、クッキングヒーターでそれを熱する。そして湯が沸騰するのを待つ間に材料の下ごしらえをする。

最初にトマトのヘタを取り、そのトマトを手で適当な大きさに千切りボウルに入れる。パセリも同じようにしてボウルに入れ、適量のオリーブオイルと塩とコショウとにんにくチューブも一緒にし、それらを混ぜ合わせる。その混ぜ合わせた物を冷凍庫で急激に冷やしておく。

食材を混ぜ合わせ終えた頃には湯も十分に沸き立っているので、そこに乾麺のパスタを二人分入れる。パスタは通常よりも一分程短い時間で茹《ゆ》でていく。

パスタが茹で上がる間に、新しいボウルに少量の塩を入れた氷水を用意しておく。

パスタが茹で上がったら、ざるで湯切りして、流水で粗熱を取る。そして、そのパスタを予め用意しておいた氷水に入れ、しっかりと冷やす。

最後に、混ぜ合わせて冷やしておいた食材とよく水を切ったパスタをあえていき、それを皿に盛る。一口サイズに千切ったフレッシュチーズを数個添えるようにして置けば、僕のオリジナル、冷製パスタの完成だ。

「ふぅ……」

夏も本格的になってきている今日も、気温はかなり高かったようだし、水無瀬さんがシャワーを浴びているということもあって、涼しげなものが良いだろうと冷製パスタをチョイスしたのだけれど、果たして水無瀬さんは喜んでくれるだろうか。

料理が完成してから数分と経たないうちに水無瀬さんはリビングに戻ってきた。

「……本宮くん、上がったよ」

「…………」

水無瀬さんのシャワー上がりの格好を見て、僕は息を詰まらせてしまったみたいだった。

「どうかしたの？」

「い、いや？　どうもしてないよ？」

どうかした、というよりは動揺してしまっている。

下半身は太ももの辺りまで素肌を晒《さら》すようなニットキルト素材のショートパンツで、

上半身はショートパンツとお揃いに作られたピンク色の花柄の薄手の洋服を着ていた。

夏の、それも女子の部屋着ともなると、このくらいがスタンダードなのかもしれないけれど、そんなものに耐性のない僕にとっては直視しづらいものだった。

風呂上がりで、肌が火照っていたり髪が濡れていたりということもあって、僕は動揺を禁じ得なかった。

「あ、すみません……」

僕の様子を見て、普段通りすぎる自身の無防備さに漸く気づいたのか、水無瀬さんは即座にリビングを飛び出しパーカーを着こんで戻ってきた。そのパーカー姿も、まあ目の置きどころに困るものだったのだけれど。

「ご飯食べる？」

水無瀬さんは顔を紅く染めているが、それはシャワーの熱さのせいか、今の一連の流れのせいか、などと考えることは愚考というものだろう。

「うん、いただくね。あ、本宮くんもシャワー浴びる？」

「いや、さすがにそれは遠慮しとくよ」

そう言いながら、僕は作ったパスタ二人分をテーブルまで運んでいく。

「わあ、すごい……。これ、本宮くんが作ったんだよね？」

水無瀬さんは目を輝かせ料理に見入り、僕は得意げに水無瀬さんの為に椅子を引いてみたりする。

「さあ、水無瀬さんどうぞ」

「あ、失礼します。なんだか本物のお店みたいで素敵……」

水無瀬さんが椅子に座ると、僕もそれに倣い、二人で声を重ねて言った。

「いただきます」

「いただきます」

水無瀬さんは僕お手製のパスタを美味しそうに頬張ってくれた。

それは僕の目から見ても分かる程満ち足りた表情で、本当に美味しいと喜んでくれていることが分かった。

そして七度目の「本当に美味しいよ」が聞こえてくると、水無瀬さんはテーブルにフォークを置いた。ものの数分で完食してくれたようだ。

それが僕は無性に嬉しかった。

人に振舞った料理で喜んでもらえることが、こんなにも嬉しいものだとは知らなかった。相手が水無瀬さんだったからこんなにも嬉しかったのかなとも思うけれど。

「ご馳走《ちそう》様でした」

「お粗末様でした」

ともあれ、無事に僕は手料理を振る舞うのに成功したようだった。

ただ、僕がこうも容易く水無瀬さんの家にお邪魔したのにはわけがあった。

僕は水無瀬さんの抱えている秘密の一端を知った。

それは彼女が望んでいたことでもあった。

だから、僕はもう少し彼女に踏み込む必要がある。

理解者になるとはそういうことだろう。

そして、水無瀬さんに込み入った話を聞くには二人きりの落ち着いた今しかないと思った。

こんなに大きな家に一人で暮らしている理由。家族の事情が関わっていることは容易に想像できたし、水無瀬さんは家族の話題を避けているのも知っていた。でも、聞かなきゃならないと思った。

「水無瀬さんはどうして、こんな大きな家に一人で暮らしているの？」

その問い掛けを口にした時、目に見えるようにして水無瀬さんの表情は曇った。

「それは……」

「家族の問題、だよね」

「…………」

「やっぱり教えてもらえないかな」

「……いいよ」

「え、いいの？」

「でも、そのかわり私のお願いを一つ聞いてくれると、約束してほしい」

約束、その言葉には重い響きがあった。しかし、どんな願いだろうと、僕は引き下がるわけにはいかなかった。

「うん、分かった」

僕が約束を交わすと、水無瀬さんは席を立ち他の部屋から何やら年季の入った分厚いノートを持ってきてそれを開き、自分の過去を語り始めた。そのノートには水無瀬さんの幼い頃のことが綴られていた。

水無瀬さんの両親は水無瀬さんが生まれる前から共働きで美術関連の仕事をしていたらしい。

美術の世界で食べていくことの過酷さを知っていた両親は、娘に美術の道を歩ませる気はなく、美術から遠ざけられたまま内向的で物静かな女の子として育っていったみたいだった。今の水無瀬さんからもそんな幼い頃の彼女を想像できる。

しかし小学校に上がる前に、水無瀬さんは文字通り生まれて初めて両親に我が儘《まま》を言ったという。それは水無瀬さんが自分の誕生日プレゼントに色鉛筆が欲しいと言ったことだった。両親は幼少期から美術関連の物にあまり触れてほしくなかったらしく、違うプレゼントを用意したのだが、当時の水無瀬さんは色鉛筆が欲しいと泣きながら駄々をこね、結局両親は初めての娘の我が儘に折れたらしかった。

当時五歳だった水無瀬さんは貰った色鉛筆を握り、初めて絵を描いた。

そして絵を描き始めてから一週間も経たないうちに水無瀬さんの絵は、お絵描きではなく絵画になっていた。

それは五歳児が描いたとは思えない絵だったという。ノートに挟まれていたその絵を見せてもらったのだけれど、その絵には僕も驚愕した。何が描いているのかは分からない。しかし、その絵には確かな芸術性があった。抽象絵画と呼ばれる分野の絵のようだった。

その絵を見て確かな才能を感じた両親は、今までの育児と方向性を変え、絵画に関する英才教育を施した。

小学二年生に上がる頃には、水無瀬さんは既に画家としての頭角を現していた。

それからというもの、両親は水無瀬さんに絵を描くことを強いて技術の向上を促した。それは学校にも碌に通わせずに、だ。

――私は小学校も中学校も満足には通えていないので、知らないことだらけで興味が尽きなくなって。

初めて高校に登校した時に水無瀬さんが言ったことを思い出した。

水無瀬さんの話に、才能が周囲の人々を変えてしまう恐ろしさに、僕は何も言えなかった。

「そして、私は画家になった」

水無瀬さんの話はこれからが佳境に入るようだ。

「本宮くん、こんな画家を聞いたことはないかな？　多彩の六月と呼ばれる画家を」

「ああ、もちろん知っているよ」

知らない訳がなかった。僕が憧れ、僕の両親も大好きだった画家の愛称だ。いきなり絵画の世界に現れ数年間日本の美術界の一世を風靡した天才と呼ばれた画家。

その人気さ故に六月派と呼ばれる色彩に富んだ絵のことを言う派閥すらあるのだと、まことしやかに囁かれていたりもした。

しかし、今から半年程前にいきなり姿を消した画家でもあった。

六月という愛称で呼ばれていた理由は、その名前が陰暦の六月を意味するからだ。

その画家の名は。

「水無月。それがその画家の名前」

その画家がどうしたのと、訊こうとした時、僕は今更ながらに気づいてしまった。

「そして、その画家こそが私、水無瀬月の正体なの」

「…………」

「安直なネーミングだけれどね」

水無月と水無瀬月。

名前の漢字を思い返してみると一目瞭然だった。それに水無瀬さんの絵を思い返しても色彩豊かだという特徴は一緒だったし、色が見えなくなったせいで美術の世界から姿を消したと考えれば理解できた。むしろ色が見えない中で絵を描いても、僕よりもずっと巧い絵を描けるのは水無月だったからだと思うと、納得さえできた。

「私が画家になったことで私の人生は崩れていった……。お父さんとお母さんに喜んでほしいという一心で描いていただけだったのに」

そう話す水無瀬さんの表情はただ切なく嘆いているようだった。けれど涙は流していなくて、それが更に僕の心を締め付けた。

ただ、有名画家になれたのに、人生が崩れるという言葉に僕の理解は及ばなかった。絵を描く人間なら誰でも夢見る姿なのに。

しかし、それは簡単な話だったんだ。才能は周囲の人を変えてしまうのだから。

「私の絵が世界的に評価されて、次第に価値が高騰していったの。両親はお金に目がくらみ、私にもっと絵を描けと強要してくるようになった。私は両親の為だと思い、それでも必死に応えた。そうして気づけば、両親の仕事は私が中心となっていたの」

まるで他人のことを説明するような口調だった。

両親の気持ちは分からなくもない。それでも、子を商売道具にすることなど容認できるものではなかった。

水無瀬さんはノートを閉じ、続きは自分の記憶を頼りに、話を再開した。

「私の絵を売って相当な稼ぎを得た両親は、私に絵を描かせながらも好き勝手に暮らしていたの。私は変わり果ててしまったそんな家庭が嫌だった。昔みたいに私の絵を褒めてくれて、笑い合える家族に戻りたかった。だから願ってしまったの。絵なんて描けなくなればいいと」

「……うん、誰だって幸せだった日々に戻りたいと願うものだよ」

下手に共感しても、それは軽い同情になってしまう。そうなることが分かっていたから口を挟むことも相槌を入れることも今までしなかったけれど、これだけは言いたかった。僕だって常に思っている。幸せを返せと。

「そして、私の願いを叶えるかのようなタイミングで、私は色を失った。視界から色を失っただけではないんだよ。見て……」

そう言って水無瀬さんはパーカーのファスナーを下げ、服を捲りあげて腹部を晒した。

「え、え、え」

水無瀬さんのいきなりの行動に動揺を隠せない。

僕は直視しないように片手で視界を塞ぐ。

「こっちに来てちゃんと見て……。私のことを」

何を考えているのか、何を言っているのか、理解に苦しんだ。

「私の色を見てほしいの」

彼女は続けて言った。切実さが感じられる声音だった。

僕は水無瀬さんに近づき羞恥心を抑え込みながら水無瀬さんを見る。

「お腹、腕、脚、顔の色を見て……」

〝色〟と水無瀬さんは言った。僕は肌の色に注目する。

「分からないかな？」

どういうことだろう。僕の目の前には水無瀬さんの真っ白な肌があった。日焼けに気をつけているのであろうそのキメ細やかな肌に見蕩れつつも、水無瀬さんの言わんとすることを探る。

「あっ」

その腹部も腕も脚も顔も、全てが真っ白だった。

「分かってくれたかな？」

腹部が真っ白なことには納得がいく。しかし、いくら日焼けに気をつけていようと腕や脚、顔は日焼けするのではないか。

「私は〝色〟を失った……」

それは言葉通りだったということだ。

「私の体からはおおよそ色と呼べるものが抜け落ちてしまったの。こっちも見て?」

水無瀬さんは両手を使い短めの茶色の髪を後頭部の辺りに束ね、うなじを見せる。

いちいち僕の心臓に悪い行動はやめてほしいけれど、今回の行動の意味はすぐに理解できた。

「髪が……」

生え際の髪が白かったのだ。初めて水無瀬さんと会った時に見た髪色だった。

「病院では視界が白黒にしか見えなくなってしまう全色盲という病気だとか様々な病名が挙げられたけれど、結局原因も本当は何の病気なのかも分からないまま、ストレスという言葉で片付けられてしまって」

それは、病院ではお手上げ状態だということだろう。

「私が二カ月半高校に通えなかった理由はそれらの検査があったからなの」

「そうだったんだね」

僕が空席を想像して絵を描いていた時期、その空席を埋める筈の当の本人はそういったことに追われていたということだった。

「まあ理由は分からないけれど、こうして私は色を失い結果的には絵が描けなくなればいいという私の望みが叶った形になった……。でも」

水無瀬さんの表情は先程よりも深刻に暗くなった。

「でも、私に色が見えなくなったと知った両親は、絶望していた。既に一生分は稼いでいたように思えたけれど、仕事人だった両親は私の絵を失い、途方に暮れていたの。仕事を失ったも同然だったんだと思う。それからの両親の目には生気がなくて、私はそんな二人を見ていられなかった。神様を呪ったよ」

自分が楽になったらなったで両親が苦しみ、両親が幸せでいてくれることを望むなら自分が苦しむ。そんな運命を呪ったのだろう。

「そうしていくうちに、両親は衰弱していき病に倒れ、私が高校に上がるひと月前に亡くなったんだ。それは流れるように一瞬の出来事のように思えたよ」

聞くに堪えない話だった。自分達の子供を私欲のために働かせ、働けないと分かれば親としての義務を放棄し、挙句の果てに帰らぬ人となってしまうだなんて。

「そうして、気がつけば私は独りになっていた。今まで学校も碌《ろく》に通わず、お金の問題で親戚にも煙たがられていたせいで、誰も私のことを見ようともしてくれなかった。いつも私の前からは誰もいなくなってしまうの……。残ったのはこの家とお金くらいなもの。皮肉もいいところだよね、私と家族を切り離した原因であるお金だけが、最後に残っているものだなんて」

そう語る水無瀬さんの声は震えていて、涙の無い泣き顔のような表情をしていた。それはいつか見た切なげな表情とは比較するべくもなく痛々しかった。

けれど、そんな話をする彼女の姿に、いつかの自分を重ねている僕がいた。

僕も自分と一緒にいると周りを不幸にしてしまうと、誰もいなくなってしまうと、ずっとそんなことを言ってきた。

そして、水無瀬さんが絵を描けなくなることを望んだように、当時の絶望に瀕《ひん》していた僕も何かを望んだような気が……。

「以上が私の過去の話だよ。長くなってしまってごめんね。なぜだか、本宮くんには話してしまいたい気持ちになったの。きっと、私の秘密に気付いてくれたから、私の理解者になってくれたからだと思うよ。……本当にありがとう本宮くん、私のことを見つけてくれて」

無理して笑う彼女のことを見ていられなかったから、僕は思わず水無瀬さんの手を握りしめ、無意識に口走っていた。

「僕が水無瀬さんのことを独りになんかさせない！　僕は今ここに、水無瀬さんの傍にいる！　だから大丈夫。大丈夫。本当に大丈夫だから」

何度も何度も大丈夫と続けた。僕が独りになった当時、誰かに言ってもらいたかった言葉を、僕が昔求めた言葉を、今は僕が言ってあげる番なんだ。

僕の今までの経験があるのは、水無瀬さんと出会う為だったんじゃないかって。

「やめてよ。優しくしないで……。本宮くんはずるいよ。やっと独りでいることに慣れてきたのに。そんなこと言われたら私……」

「大丈夫だよ。大丈夫、大丈夫」

水無瀬さんはずっと溜《た》め込んできた涙をゆっくりと、時間をかけて流していった。

「本当にすみません。私、本宮くんの前で泣いてばかりだよね」

落ち着きを取り戻した水無瀬さんは潤んだ目を手で拭いながら苦笑混じりに言った。

「ほんと、今日は泣いてばかりだね」

「ちょっと、そこは慰めてくれなきゃ」

水無瀬さんに笑顔が戻り、僕は想像以上に安堵していた。

「本宮くんがいてくれて本当に良かった……」

「これからは何かあればいつでも頼ってね」

「うん、ありがとう。でも本宮くんって他人と関わらない主義って言ってなかったかな？」

「それは気にしないで」

もう他人と思えないのだから仕方がないではないか。

僕と同じように独りになって、そんな孤独に怯えている子が目の前にいるんだ。その気持ちを知っている僕が寄り添わないでどうする。

「でも、一つだけ言っておくと、僕と一緒にいると不幸になるよ。僕は疫病神だからね」

「それは怖い神様だね。でも私だって相当の不幸を知っているよ。これ以上どう不幸になれって言うの？」

「まあそれもそうだね」

失うものがないキャラクターは最強。みたいな理論と同じなのかもしれない。

「それに、本宮くんが傍にいてくれるなら、独りじゃないので最悪にはならないよ。むしろ私は今幸せなの。自分のしてきた経験は全部、本宮くんに出会うためのものだったんじゃないかって本気で思えてくるくらいに。そう思うだけで、私に後悔は無くなるから」

「…………」

僕と同じだ。全く同じことを彼女は僕に、僕は彼女に思っているんだろうか。

ふと、水無瀬さんの方へ視線を向けると、丁度目が合ってしまった。そんな彼女はひたすらに優しい笑みを僕に向けているだけで何も言わない。僕は思わず目を逸らしてしまう。

僕と同じことを思っているというのなら、水無瀬さん、君はこの胸の中に突っかかる高鳴りの意味を、知っているんだろうか……？

「あー、えっと、ところで、条件に出した僕へのお願いって何？」

僕は自分の思考から逃れるように、強引に話を戻す。

「それはまだ秘密。そういうものはここぞという時の為に取っておくものなの」

そういうものらしかった。水無瀬さんは愛らしい仕草で口元に人差し指を当てていた。

携帯電話で時間を確認すると、警察からの補導対象時間になっていて、そろそろ終電が危ぶまれる時間だった。

そろそろ帰りたいのだけれど、一人であの住宅街迷路を突破する自信がなかった。

だから僕は意を決して言ってみる。

「水無瀬さん、僕はそろそろお暇させてもらおうと思うんだけど、あの住宅街で迷ってしまったら笑えないんだよね」

「じゃあ私が学校まで送るね」

「いや、それじゃあ僕が水無瀬さんを家まで送った意味がない。それにこんな夜遅いんだから外出させられないよ」

「それなら、家に泊まっていく？　明日も学校はあるけれど」

「い、いやそれはさすがにまずいよ」

若い男女二人での宿泊は、あまり褒められたものではないと思った。

「私は良いのだけれど……」

「いいや、泊まるのは駄目だ」

「それは残念……。なら、どうするの？」

「だから、えーと、あのさ、携帯電話の番号、交換しない？」

「…………」

「…………」

不可解な沈黙だった。

「携帯電話の番号……」

「嫌なら無理しなくていいんだよ。ただ、これから夏休み入るし、補習一緒だし、だからー、すぐに連絡取れたら便利かなって。……どうかな？」

「…………」

この沈黙は、僕の気を沈ませるのには十分な苦しさがあった。

「ああ、いいんだよ、気にしないで。自力で帰ってみるから。明日の朝、学校行く途中で迷子の僕を見かけたら、拾ってあげてね」

「……ふふ。今日の本宮くん何だかおかしい。断る理由なんてないもの。うん、私も交換してみたいな、番号。そんな発想なくてびっくりしちゃっただけだよ」

一世一代の僕の勇気が無に帰すかと思った……。いや、本当に心の底から安心した。

「ところで、番号ってどうやって交換するのか、本宮くんは知っているの？」

……盲点だった。

それから、携帯端末と数分間の葛藤を経て、僕らは無事に互いの連絡先を入手することに成功した。

「じゃあ僕は帰るよ」

「はい、パスタとっても美味しかったよ……。ご馳走様です」

その感想を聞けただけで、僕はまた何か作ってあげようと思った。

「いえいえ、じゃあお邪魔しました」

「うん、今日は来てくれてありがとう。帰り道には気をつけてね」

手を振る水無瀬さんに僕も返しながら、初めての異性の家を後にした。


綺麗に剪定《せんてい》された街路樹と人を迷わす為に立ち並ぶ家々が、いくら歩いても続く。

まるで、ずっと同じ道を歩いているようだった。

「次は、レンガ調の西洋風の一軒家が見えたら、この奥の曲がり角を右っと」

僕は水無瀬さんと連絡を取り合いながら、道を教えてもらっていた。

携帯電話本来の用途を、水無瀬さんと連絡をすることで果たせたことが嬉しくて、スキップじみた足取りで帰路を進んだ。

街路樹など、様々な場所に装飾が施されているのは僕のことを祝福しているかのようだった。

「そういえば、結構派手な装飾だけど、何かあるのかな」

【この辺、装飾凄いけど何かあるの？】

【毎年七月の終りに花火大会が催されるの。だからその為の装飾なんだよ】

【へえ、花火大会なんてあるんだ】

僕が一人暮らしになってからは一度も参加していないイベントだ。

【まあ、今の私には花火の色は見えないから、音が大きなイベントくらいにしか思えなくて少し苦手なのだけれど】

【それは仕方ないことだね】

そこから数分返信が途絶えた。

僕は教えてもらった通りにレンガ調の家の曲がり角を右に曲がった。それからはゆっくり前進した。

数分後、連続して携帯電話が振動した。

【私と一緒に……花火大会に行ってもらえない、かな……？】

【返信遅れてごめんね。なんて誘おうか考えてしまって】

予想外のお誘いだった。

【え、でも花火は苦手なんじゃ？】

【そうなのだけれど、憧れてもいるの。そういう私達の年代の人が楽しんでいるイメージのある、幸せそうなイベントに】

きっと、絵を描くことを強いられた水無瀬さんはそういった行事に訪れたことがないんだろう。

【大丈夫なの？】

【本宮くんがいてくれるならきっと大丈夫だよ。それに私に色を見せてくれるって、本宮くん言ってくれたもの】

【うん、僕が水無瀬さんに色を見せるよ】

【それならきっと、なんにも問題ないよ】

【じゃあ一緒に行こうか】

【ほんとにっ？】

花火の絵文字も一緒に送られてきた。

【うん、もちろん】

【嬉しい……。今からもう楽しみで仕方ないよ】

それから、細かいことも決めた。

花火大会は七月の最終日。その前後日にも祭りはあるらしかったけれど、やはり花火が上がる日に行くことにした。

花火大会当日は学校で補習があるので、お互いの補習が終わり次第学校の昇降口で待ち合わせる約束をした。

僕は脳内で準備する物を想像する。

後日、上がった花火の色を見せるには僕が絵を描く必要があるから、手本にする本物の花火を撮影する為のカメラ、それから……。

様々な想像が膨らんで楽しかった。

しかし、僕は気づけば勝手に歩を進めていて、知らない道に出ていたのだった。

【水無瀬さん、いつの間にか道に迷ったみたい】

案の定、道に迷った。

【あっ……ごめんね。花火大会の話に夢中でつい……。周りに何か特徴的な建物とかないかな?】

特徴的な建物と言っても同じような家が並んでいるだけだ。

「おっ」

辺りを見回しながら歩いていると、少し開けた場所に出た。

今までの道と隔離されているようで、申し訳程度に遊具やベンチが置かれた公園のようだった。

公園と隣接するようにひっそり立つログハウス風の建物があるけれど、そこには好き放題に草が生い茂り、その佇まいは辺境の森のその深くにある魔女の家を彷彿《ほうふつ》させた。

その建物はカフェだった。終日開店している年中無休のカフェだそうで、珍しく思えた。

【カフェがあるよ。魔女の家みたいな】

【カフェ？　魔女の家？　今まで暮らしてきてそんな場所見たことないけれど……？】

いつも使う道から外れてしまうと、方向音痴である水無瀬さんの知る範囲外なのかもしれない。

【お店の人に聞いてみるよ】

そうとだけ返信すると、携帯をポケットに入れ僕は古びた木製のドアを開けた。

「いらっしゃいませ」

「あ、あの、道をお訊ねしたいのですが」

店の中は外見からは想像もつかない程に清潔感が保たれている空間だった。カフェとバーの間のような内装で、さしずめ大人のカフェといったところだろうか。客は僕以外には誰もいない。

ただ、店内に飾られた一枚の絵が印象的だった。その絵には平凡な街並みを背景に一人の少女が描かれていた。

「道に迷ってこのカフェに？」

「はい、そんなところです」

「それはそれは、お疲れになられたでしょう。コーヒーでもご馳走しますよ」

とても親切なマスターだった。店内には目の前にいる男性店員だけなのを鑑みるに、きっとこの人がマスターなんだろう。しかし、その親切心では隠せていない訝しさがあった。容姿と声からでは年齢すら予測できなかった。二十代と言われればそうなんだと頷けるし、四十代と言われてもそれもまた信じられた。顔も特徴が全くと言っていい程なかった。

「あ、ありがとうございます」

コーヒーとは、まず香りを楽しむものだと、以前どこかで聞いたことがある。僕はそれを真似て、受け取ったカップを鼻に近づける。そうして匂いを確かめるのだけれど、コーヒー独特の落ち着いた芳香がするだけでこのコーヒーの良し悪しは分からなかった。

「どうですか、うちの自慢のコーヒーは」

「良いですね。控えめでいて仄かに感じる酸っぱさというのが、何とも癖になります」

とか言ってみた。

自慢の、とか言われてしまうと、分からないと言うわけにはいかない気がして、どこかで聞いたようなセリフを借りてそれとなく褒めてみるしかなかった。

「それは良かった。お客様はよく分かっておられる」

「いえ、僕はまだ子供舌なのでコーヒーを楽しめる程一人前ではありませんよ」

事実を言っただけなのに、どこか謙遜したようになってしまった。僕はコーヒーが苦手なんだ。というか、苦いものが全般的に得意ではなかった。

「では、将来が楽しみですね」

愉快そうにマスターは笑った。その笑顔も、余裕が満ち足りた声も、このカフェの雰囲気も、全てが不思議に思えてならなかった。

「あ、あの、道をお聞きしても……」

直感的に長居したくないと思い、マスターに声をかけた時、僕の前に置かれたカフェのメニュー表に不可解な現象が起きた。それは目を疑う光景だった。

「お客様の目にも見えましたか？」

コーヒーから始まりケーキ等のカフェらしさを感じさせるメニュー表に書かれた文字が徐々に薄れていったのだ。そして文字が完全に消えたと思うと、次には新たな文字が浮かび上がってきた。『コーヒー……三百円』と書かれていた欄は『願望……代償に応じて』という文字に変わり、メニューはその一文のみになってしまった。

――願望……代償に応じて。

それが今このカフェにある唯一のメニューだった。

「マスター、これって」

「何を御所望で？」

「え？」

「ここは果たされなかった願いや、大きな願望を持つ人、ないしは生きている意味を見失った人が訪れる店なのです。カフェとは表の顔。本当のこの店では人の願望を扱っているのです」

「意味が分からないんですけど」

「簡単に言ってしまうと、ここでは代償と引き換えに人の願いを叶えているのです。億万長者になりたい。素敵な恋人が欲しい。などの願いを代償に応じて一番近い形で実現しているのです」

「そ、そんなこと……」

信じられなかった。しかし理解はできなくとも、目の前の男の言葉に嘘は感じられなかった。きっと僕がこの店に入ってからずっと感じていた不可解さというのは、これが原因だ。もしかしたら本当にここは魔女の家なのかもしれない。

「さあ、お客様は何をお望みで？」

「僕に願いなんて……」

「言いましたよね。ここは願いを持った人か、生きる意味を見失った人が来る場所なのだと。普通の人ではこの店に辿り着くことすら不可能です。しかもお客様は本当のメニュー表を見られた。それは何か願いを持つことを意味します」

願い。そんな漠然としたもの、誰にだってある筈だ。でもどうして僕が、しかもこのタイミングでこういった場所に……？　僕以外にもっとこんな機会を求めている人はいると思うのだけれど。

僕は無意識に水無瀬さんの姿を思い浮かべながら、そう思っていた。

「僕の願い……」

ずっと思い続けていることは、幸せな時間を取り戻したいということ。しかし、その幸せが崩れた時の苦しみを知っている分、素直にその幸せを願えるのだろうか。

そう考えた時、はっとした。僕は幸せな時間を取り戻したいというよりも、これからの幸せの時間を失いたくないのだと気づいて。

僕は家族を失った。確かに、それは悲しい事実で、戻ってきてくれるのなら戻ってきてほしいと思う。けれど、そんな過去へ振り向くような気持ちと同時に、未来への希望も抱いていたんだ。水無瀬さんがいる未来を。

「何でも仰ってください。代償次第では叶う願いかもしれませんよ？」

この店が非現実的な場所なのだということは分かった。願いを叶えることができるということもにわかには信じ難いが、それも信じよう。しかし、どうしてそのような場所、一歩間違えれば大変なことになりかねないような場所が、こうも野放しにカフェ経営なんてできているのだろうか。

「願いはあります。でもその前に聞いてもいいですか？」

「どうぞ。何でも聞いてください」

「疑問に思ったんですけど、どんな願いでも叶うなんて凄く危険なことじゃないですか？　仮に願いが叶うとして、それが多数の人々に大打撃を負わせる悪事だったりしたら……。それこそ、そんなことができてしまえば、このお店の存在が許されないと思ったんです。誰か一人でも知っている人がいたらまずいだろうなって」

単純な疑問だった。

そんな危険なことをしているのなら誰かが止めると思うんだ。

「ああ。それはそうですね。もちろん誰も知りませんよ」

「なら僕にそんな秘密話してよかったんですか？」

「大丈夫ですよ。この店を出て公園を抜ければ、このカフェのことなんて忘れてしまいますから」

「えっ、忘れる？」

「この店に来た人にはまずコーヒーを飲んでもらっています。苦手という方でしたらジュースもお出ししています」

「ああ、なるほど。お店の物を口にしたら忘れるようになっていると」

「その通りでございます」

よくある話だった。

「そして僕も入店時にコーヒーを飲んでいるから話しても問題ないということですね」

「ご理解いただけたようで何よりです。それに付け加えると、この店の物を口にした人にしかこのメニューは見えません」

とのことだそうだ。しかし僕はコーヒーを実際には飲んでいない。匂いを確かめたくらいだ。だがメニューは見えた。コーヒーの香りだけでもそういう効果があるのだろうか？

　それは店を出てみるまでは分からなそうだった。

　ここで色々と探りを入れると、僕がコーヒーを飲んでいないことに気づいてしまうかもしれない。だから慎重に言葉を選ぶ。幸いにも、僕にメニューが見えていることで何も疑っていないみたいだから。

「願いならなんでも叶うんですか？」

「基本的には。ただし、その願いで最も影響を受ける人が自分でなくてはならないという制限があります」

「というと、どういうことですか？」

「例えを挙げるなら、そうですね、極端な話だとある人を殺してほしいとか、ある人を生き返らせてほしいという願いは叶えられません。その人を殺して、またはその人を生き返らせたとして、それで願った本人にどれだけ利益があっても、最も影響を受けた人というのは殺された、あるいは生き返った本人なのですから。逆に言うと、自分を殺してほしいとか、自分を生き返らせてほしいという願いならば、叶えることが可能です」

「生き返ることもできるんですか」

「はい。もっとも、死人が願うなんてことはないでしょうから、この場合の有効な願いといえば、死期が迫っている人が『私が死んだら、生き返らせてほしい』と願うことですかね」

人が生き返るなんてことがあれば世界の摂理が崩れかねない。

「ちなみに、先程から言っている代償ですけど、なにを代償にするんですか？」

「願いに匹敵するものです。たった今言った『私を生き返らせてほしい』という願いを叶える為には、自分か自分と同等以上の価値を備えた人間の命でなければなりません」

怖気の立つ話だった。ここは願いだけではなく、命も扱っている場所だと言える。

平然とそんなことを話すマスターを見ていると、僕は恐怖から今にもこの店から出ていきたかった。

「終電もなくなってしまいそうですし、帰ろうかと思います」

「おや、何も願わずに、話を聞いただけでご帰宅ですか？」

怪訝そうに見据えられた。それは何でも見透かしてくるかのような目つきだった。

この店も、このマスターも、底知れない何かがあった。

叶えたい願いは確かに、ある。けれど、僕の心中にあるそれは、未来への願いだ。

こんな胡散《うさん》臭い場所に頼るのではなく、僕の手でその未来を掴み取らなければ意味がない。

「そうですね。終電を逃してしまうのは大変です。ご来店ありがとうございました」

「は、はい。失礼します」

僕は扉を開け、外に出た。

助かった。ついつい溜息をつく。なぜか気持ちも空気を張り詰めていた気がした。

「怖かった……」

それが正直な気持ちだった。

道を聞き忘れていたことを思い出し、さっきの時間の意味は何だったのだと自身を呪ったが、もう一度あのカフェを訪れる勇気はなく、ならば朝までかかってでも自力で迷路を突破しようと思った。

公園を抜けると同時に、ズボンの左ポケットが小刻みに震えた。

【本宮くんが知らない人に話しかけるの？　とっても意外……】

【本宮くん大丈夫？】

水無瀬さんからのメッセージが二件送られてきた。時間を見ると二十分前と五分前に受信したものだった。二十分前に送られてきた筈のメッセージが今届いたのだ。そのことを不気味に思い、カフェがあった方へ振り返ると、そこには何の変哲もない家が立ち並んでいた。

幻だというように、僕の記憶から消し去ろうとでもいうように、そのカフェの姿はどこにもなかった。本当に魔女の家だったのかな、なんて思えてきてしまう程に不気味だった。水無瀬さんからのメッセージが受信できなかったことも、あの秘密だらけのカフェの仕業と思えば得心がいった。

【返信遅れてごめんね。大丈夫そうだよ】

視界の端に彩陽高校を捉えた。どうやら無事帰宅できそうだ。

……そういえば、公園を抜けても僕は先程のカフェでの事を鮮明に記憶していた。

翌日。朝から向井先生に呼び出された僕と水無瀬さんとみずきさんは職員室に来ていた。何事かと構えていたけれど、本当に説教ではないようだった。

どうやら美術の授業で描いた僕らの絵の出来が良かったらしく、町内の展示会に出展したいという話だった。

「というわけで、三人の絵を出展したいのだが良いかな?」

「僕は構いませんよ」

「私も、適当に描いたものだから好きに使ってくれて良いですよ」

「あ、私は……」

僕とみずきさんの絵は出展されることは確定だろうが、水無瀬さんは首を縦には振りたくないようだった。それもそうだ。自分の人生がめちゃくちゃになった原因が絵なんだから、たとえ学校の申し出だとしても出展されることは内心穏やかではないだろう。

「先生！　僕、水無瀬さんの絵が欲しいです。ください。いえ、貰います」

そう言って、先生の手元から一枚の絵を奪い取った。

「お、おい本宮」

「欲しくて欲しくて堪らなかったんです。見逃してください」

「先生、私もその絵本宮くんに貰ってほしいです」

僕の狙いを察したのか、水無瀬さんも僕の口上に乗ってきた。

「描いた本人である水無瀬が言うなら……」

「さすが先生です。ほんと生徒に優しい先生だ。先生の手本ですね。世界の先生だ。いやー、先生の担当するクラスになれて良かったです」

「そ、そうか？　生徒にそう言われるのは教師冥利に尽きるな」

厳かな雰囲気とは異なって、褒め倒されてしまうくらい容易い先生だった。照れ隠しなのか、後頭部の辺りに一本に雑に結わえられた髪を回すようにいじっている。

「では僕らはこれで失礼しますね。僕の絵も勝手にしてもらっていいので」

僕ら三人は声を揃えて「失礼しました」と言い、職員室を出た。

「本宮くん、助けてくれてありがと……」

「いや、いいんだよ。絵が欲しかったのは本当だからね」

さすがにあからさますぎる庇《かば》い方だったかもしれないけれど。

「いやあ、本宮くんがまさかあんなに向井先生のことが好きだったなんて知らなかったなー」

「えっ」

「いや、あれ冗談だからね？　本気じゃないからね？」

その後は何事もなく時間が過ぎていった。

学校では、僕と水無瀬さんとの距離が近くなったと、何度もみずきさんがちょっかいをかけてくるようになったけれど、あの長かった一日を詳細に語るわけにもいかずに、みずきさんはずっとモヤモヤしているようだった。

兎《と》にも角《かく》にも、駆け足だった七月も終わりが迫ってきていた。

最高気温が三五度を超える猛暑日も訪れ、蝉の声が鳴り響く喧《かまびす》しい季節になっていた。

そんな中僕は、七月の最後にある花火大会に向けて準備を始めていた。

花火大会に必要なものには、僕では準備できないことがあったから、学校でみずきさんに『ある頼みごと』をしていた。それをみずきさんは貸し一つということで快く引き受けてくれたのだけれど、みずきさんに借りを作るのが少し怖いというのも本音だった。


そして、とうとう夏休みがやってきた。

夏休みは初日から毎日ずっと補習があったせいで休みという実感はなかったけれど、家に一人でいるよりは良いと思えた。

そんな補習の合間を縫って花火大会に向けて想いを馳《は》せる。ある一つの目標に向けた準備をすることは想像以上に楽しく、感じたことのない充実感があった。

そして、七月の最終日。とうとう花火大会の日がやってきた。


「じゃあ水無瀬さん、僕は花火大会の準備がまだあるから一度学校から出るね。水無瀬さんの補習が終わったら連絡して。多分それまでには戻れると思うから」

「うん、分かった。昇降口で待っているね」

「それじゃあ、また後で」

自分の補習を終えた僕は、補習がまだ終わっていない水無瀬さんを残し教室を出た。

まだ陽も暮れ始めていないから、夜の花火大会までは時間がある。水無瀬さんの補習も当分かかるとのことだった。だから僕は今のうちに準備を完璧にするべく行動を開始した。

カメラは持った。お金も十分あるし、一応絵画の用具も準備した。服装は制服でいいと水無瀬さんは言っていた。

けれど、僕としてはせっかくの花火大会なんだから浴衣を着てほしい。そう思い浴衣の手配をしていた。それがみずきさんへの頼みだった。最後の準備、浴衣を受け取りに最寄りの駅へと向かう。

【もうすぐ駅に着くよ】

【はいはーい。私ももうすぐだよ】

この日の為にみずきさんとも連絡先を交換していた。

駅に着くと、既にみずきさんは待ち合わせ場所に指定した駅前の広場のベンチに座っていた。

「みずきさん、ごめん待った？」

男女の待ち合わせの際に言うテンプレート的なセリフが僕の口から発せられている

ことに自分で驚きつつも、そう訊いた。

「んーん、今来たとこ」

「わざわざごめんね」

「気にしないで。でも私への貸し一つは大変だぞー」

「何を要求するするつもりでいるのさ」

「まあそれは浴衣を返してもらう時でいいや。はい、これ」

「あ、ありがとう」

手渡された大きめの紙袋には折り目正しく畳まれた浴衣が入っていた。どことなく初めて水無瀬さんと会った時に着ていたワンピースの柄に似ていて、白を基調とした青色の花柄が刺しゅうされた浴衣は、水無瀬さんにぴったりと似合いそうだった。

「それにしても、本宮くんにいきなり浴衣貸してなんて言われた時はびっくりしたよ」

「ああ、僕もこんなこと言うと思ってなかったよ」

「水無瀬さんの為なんだよね？」

「うん、せっかく花火大会に行くなら着てもらいたいなって。きっと浴衣着たことないと思うから」

「そっか」

「どうかした？」

今のみずきさんにはいつもの勢いが感じられなかった。

「別に何でもないよ。せっかく花火大会に行くなら楽しんできなよ。って言っても私もクラスの子と行くんだけどね」

「さすがは委員長だね。人気者だ」

「男女二人きりで行く本宮くんに言われたら嫌味にしか聞こえないなー」

「え、あ」

よくよく考えてみれば高校生の男女で花火大会に行くなんて、そう捉えられてもおかしくはない。

そう認識した瞬間、以前のように僕の胸中は一つ大きく跳ねたような、むず痒《がゆ》い感覚があった。

「もしかして、本宮くん何も考えてないで誘ったの？」

「いや誘ったのは僕じゃないし」

「え、月ちゃんが誘ったの⁉」

「そ、そうだよ」

「うそ、それは意外だなー。本宮くんちゃんとリードしてあげなよ」

「頑張ってみるよ」

「じゃあ何があったかは浴衣返してくれる時に教えてね」

「いや、教えないよ」

「貸し一つ」

「うっ……」

やはり、みずきさんに貸しを作るというのは、何が何でもするべきじゃなかったのかもしれない。

「とりあえず楽しんできなよ」

「うん。ありがとう」

「じゃあ私はもう行くね。浴衣返すのはいつでもいいから」

「分かった。じゃあまた」

そう言うとみずきさんはすぐに去っていった。

「二人きり、か……」

その事実が僕の緊張を膨らませた。

僕は踵《きびす》を翻し、来た道を戻ろうとした時、制服のズボンの左ポケットが振動した。

「もう補習終わったのかな？」

携帯電話を取り出す。振動をさせたのは予想通り水無瀬さんからの着信だった。しかし、その振動のテンポは僕が最近聞き慣れてきた振動音とは異なっていた。

「電話……？」

メッセージではなく電話だった。

いきなりのことで僕の鼓動は速度を増す。僕は震える手で通話ボタンを押した。

『本宮！』

しかし、聞こえた声は落ち着きのあるソプラノの声などではなかった。

これは向井先生……？　なぜ水無瀬さんの携帯電話で先生が？

僕を呼ぶ向井先生の声は鼓膜に突き刺さるように大きく、また切羽詰ったような焦燥感で満ちていた。

「はい、本宮です。どうし……」

どうして先生が水無瀬さんの携帯で通話しているのかを聞こうとしたのだけれど、先とは大違いなやけに小さい声で先生は僕の言葉を遮った。

『水無瀬が倒れた』

第四章　彼女の願いごと

繰り返される爆裂音。その一つ一つが心臓にまで響き、僕の不安が一つまた一つと募っていくようだ。あれ程楽しみにしていた花火の音が今はとても不愉快だった。

僕はあの後、向井先生から指定された病院へと向かった。

僕が病院に着いた頃には水無瀬さんは向井先生の対処により、すぐに病院へ搬送されていた。

医者の話によると、おそらく疲れが溜まった為とのことだったけれど、曖昧な口調から察するに理由は明確ではないのだと思う。数日間の検査入院らしい。

僕と向井先生は病院の待合室で水無瀬さんが目を覚ますのを待っていた。

「ほら、本宮」

向井先生は自動販売機で買った緑茶を僕に手渡した。

「ありがとうございます」

こういう時に落ち着いていられる先生は大人の風格を感じさせる。僕が一人だったら今以上に取り乱していたことだろう。

それに比べて僕は頭を抱え、自身の殻に閉じこもろうとした。水無瀬さんが倒れたと連絡が来た時、僕は数年前に家族がバラバラになった時のことを思い出した。また一人になってしまうと、僕と一緒にいたせいでまた不幸にしてしまったと。そう感じていた。

「大丈夫だよ、本宮。水無瀬ならきっと目を覚ます」

「はい……」

向井先生も分からないことだらけな筈だ。水無瀬さんが以前病院に通っていたことが理由で、学校に二カ月半来られなかったことは知っているみたいだったけれど、病院に水無瀬さんの身内の人が来ないことには戸惑っていた。なのに、僕には何も聞かずに、それどころか僕の心配までしてくれる。

こんな状況を前にして、自分の人間としての小ささを痛感した。

僕は無力な自分に苛立ち、勢いで先生から貰った緑茶を一気に飲み干した。しかし、いくら冷えた飲み物を飲んだところで、僕の不安が流されることも、冷静になれることもなかった。

そんな待ち時間は、僕の不安とトラウマを膨らませるばかりだった。

一時間後、水無瀬さんが目を覚ましたという連絡が入った。

「本宮は水無瀬に会いに行ってあげて。私は病院の先生に話を聞いてくるから」

「分かりました」

僕は人気を感じない病院の廊下を移動して、水無瀬さんがいるという『303号室』へと向かった。僕の足音が反響するリノリウムの床は不安を駆り立てるように嘲笑っているようで、無機質な病室の扉はなぜか威圧的に感じられた。

僕は冷静を装い、扉をノックした。

「はい、どうぞ」

返事があったのでドアを開け病室に入る。

「あ、本宮くん」

「…………」

「花火大会に誘ったのは私なのに、行けなくてごめんね」

「…………」

「私、学校で倒れてしまったみたい。ずっと元気だったのにどうしてだろうね……。楽しみにしていたことがある時に限って、私いっつもこうなの」

「…………」

病室には終わりが近づきつつある花火大会の弾けるような音が寂しげに、微かに響く。窓には薄っすらと花火の鮮やかな残像が反射して映っていた。

「本宮くんも何か言ってよ。私だけが喋ってるんじゃつまらないもの。ほら、この病室からでもちょっとは花火見えるよ？」

「……ごめん」

「どうして謝るの？　本宮くんが謝ることなんて何もないのだから。謝るのは私の側だよ。勝手に私が倒れた理由を自分の責任にしないで……」

水無瀬さんには僕が謝る理由が伝わっていたみたいだった。僕と一緒にいることが増えたせいで倒れたのではないかと。僕と一緒にいることで不幸を呼んだと思っている僕の思考を見透かしたのだ。

「もっと私の近くに来て……。この前みたいに手を握ってもらえないかな？」

「あ、ああ、もちろんだよ」

僕は水無瀬さんが横たわっているベッドの傍にある椅子に腰を下ろした。

僕の方へ手を出す水無瀬さんは微笑んでいた。僕はそんな彼女の手を強く握りしめた。

「こうやって手を握っていてもらえることが堪らなく嬉しいの」

「うん」

「前世の私も独りぼっちで、手を握ってもらえなかったのかな？　だからこんなにも手を握っていてもらえることが嬉しいと感じるのかな。そんなふうに考えると、今の私がとても幸せに思えるの」

そんなことはささやかすぎる幸せだった。辛さと幸せがつり合っていない。つくづくこの世界は理不尽だと思わざるをえなくなる。

「水無瀬さんはもっと幸せになるべきだと思うよ」

「そうかな？　今とっても幸せなのに？」

「いいや、もっともっと幸せを知るべきなんだよ」

僕も中学生という人生においてかなり早い時期で家族を失って独りぼっちになっているだけに、幸福な人生を送ってきたとは言えないけれど、それを踏まえても水無瀬さんの幸せは余りにも小さすぎるように思えた。

「なら……、私は本宮くんに幸せを教えてほしい。私を独りにしないで、ね……？」

「うん、約束する」

病院の外では花火がラストスパートを迎えているようだった。

それからは他愛もない話をひたすらにした。不安を振り払うように水無瀬さんと会話した。

遅れて向井先生も病室に来たので三人で話していたのだけれど、いつの間にかベッドからは可愛げな寝息が聞こえてきたので、僕らは帰途についた。

「水無瀬さん、どんな状態なんですか？」

「まだ、分からないらしい」

「一人部屋の病室を使っていたから悪い状態なんじゃないかと……」

僕の母さんがそうだったから、病状が悪化して一人部屋に移されたから、そう思ってしまった。

「検査してみないと分からないみたい。でも元気そうで良かった」

「それは、はい。良かったです」

僕の心配が杞憂なのではないかと疑うくらいに水無瀬さんは元気だった。

「本宮送るよ。車乗るよね？」

「あ、お願いします」

僕は向井先生の車で最寄りの駅まで送ってもらった。

病院から駅までは徒歩でも行ける距離にあり、送ってもらう必要もなかったくらいだったけれど、今だけは先生に甘えた。今はあまり独りになりたくなかったし、頼れる大人と一緒にいることで、幾らか冷静になれたから。それに、来る時は気が動転していたせいで、帰り道に不安があったという理由もある。

「せっかくだから家まで送ってもいいのに」

「さすがに先生にそこまでしてもらうのは頭が上がりません」

「まあそういう遠慮がちなところは本宮の美点ではあると思うけど、逆に欠点でもある。特別に私の座右の銘を教えてあげよう」

「何ですか？」

「無遠慮の四つ葉探し、さ」

「よく分かりません」

「四つ葉のクローバーって幸せの象徴って言われてるでしょ？　それはみんなが必死になって探す程珍しいものだ。でもね、実は四つ葉って、傷がついた三つ葉の赤ちゃんが成長して、その傷から葉が分かれて四つ葉になったもののことを言うんだよ。四つ葉探しをしている時に踏まれたりして傷ついた三つ葉が四つ葉になっているんだ」

「そうなんですね。初めて知りました」

「まあ要は、遠慮せずにしたいようにした方が、案外良い方向に転ぶかも、ということだよ。ちなみに私が作った言葉なんだ」

自作の言葉を座右の銘にするあたり、やはり向井先生は向井先生だった。

「はあ、そうですか」

本当によく分からなかった。

「それはそうと、今日病院の近くで蒼井達に会ったよ」

「ああ、みずきさん花火大会行くって言ってましたし」

「でも蒼井、浴衣失くしたとか言って、浴衣姿の友達に囲まれて浮いていたよ。やっぱり蒼井は抜けているところがある」

「えっ」

「ではまた、本宮、明日も補習ちゃんと来るんだよ」

向井先生はそう言い残し、車に乗って夜の街に紛れていった。

みずきさん、無理して貸してくれたのだろうか……。

「あ、浴衣！」

僕は浴衣を病室に置いてきたことに今更になって気づいた。

【病室に浴衣が入った紙袋あるんだけど、それ僕の忘れものだから預かっておいてくれないかな？　明日取りに行くから】

水無瀬さんにメッセージを送っておいた。

みずきさんにもいつかちゃんとお礼をしないといけないな。


後日、検査入院と言っていたものは本格的な入院になってしまっていた。

結局水無瀬さんは、あの日以降夏休みの補習に来ることはなかった。


八月が過ぎ、新学期がやってきた。僕は夏休みの半分くらいを補習に参加していたせいで学校が始まった実感が無かった、というより夏休みがあったという実感が無かった。

【今学校終わったからこれから向かうね】

【いつもありがとう。待っているね】

というものの、僕は水無瀬さんのお見舞いに行く為に、律儀にも補習に全て参加していた。おかげで図らずも学力が目に見えて向上した。

今日は始業式しかなく、午前中に学校が終わったこともあって、今から病院へ向かおうとしているところだった。

「本宮くん、今日も月ちゃんのお見舞い行くの？」

「うん、そうだよ」

声の主はみずきさんだった。夏休み中、一緒にお見舞いに行ったことが何度かあった。実は未だに浴衣を返せていないのでそろそろ返さないといけない。

「私も一緒に行っていい？」

「うん、会ってあげてよ。喜ぶと思う」

「分かった。月ちゃんには私から言っておくね」

僅か数秒携帯端末を操作しただけで、水無瀬さんにメッセージを送ったようだった。

「歩いていくの？」

「うん、バスだとお金掛かっちゃうから」

「そうだね。私たちはまだまだ若い！　元気に歩いていこう。じゃあ帰る準備してくるね」

みずきさんは自前の短めのポニーテールを振りながら元気良く自分の席に戻ってい
った。
僕は随分とみずきさんの相手をすることにも慣れてしまったようだ。
「僕も準備しよう」

僕は３０３号室をノックした。

「どうぞ」

お馴染みの声が聞こえると、扉を開け部屋に入った。

「おはよう、水無瀬さん」

「月ちゃん元気にしてたー？」

「二人とも来てくれてありがとう……。もちろん元気だよ」

水無瀬さんはベッドでいつも通り横たわっている。その傍には水無瀬さんの担当で
ある高岡《たかおか》さんというナースがいた。いつも水無瀬さんの世話をしている人だ。

「あら、本宮くん今日もお見舞い来てくれたのね。相変わらず仲がいいわねぇ。じゃ
あ私はもう出ていくから水無瀬さん何かあったらすぐに呼んでね」

病院のナースに顔と名前を覚えられている僕だった。

「はい、分かりました」

どうやら昼食を運んできたようだ。

水無瀬さんの前には台が立てられ、質素な食事が置かれていた。

「月ちゃんこれからご飯かー、来るタイミング悪かったかな」

「ううん、一緒にいてくれた方がこんな病院食でも美味しく感じられると思うから、一緒にいてほしいな」

こんな呼ばわりだった。見た目通りの味ということらしい。

「実際病院食って美味しいの？」

「ものによるけれど、あまり美味しいとは言えないかな……。カップ麺ですら恋しくなるもの」

水無瀬さんは苦笑気味にそう言っていた。

「まあ塩分とかに気をつけているだろうからね、薄味なのは仕方ない」

僕は水無瀬さんの家にあったダンボールに敷き詰められた大量のレトルト食品などを思い出した。おそらく簡単という理由だけでなく、単に水無瀬さんがそういった物を好むんだろう。

「病院生活は食事が欠点だよ」

「んー、じゃあ好きな食べ物ある？　今度持ってくるよ！」

「好きな食べ物かぁ……トマトの冷製パスタが一番好きな食べ物かな」

ドキリとした。

「やけにピンポイントだねー」

「前に本宮くんが作ってくれて、それがとっても美味しかったから……」

「そうなの本宮くん⁉」

「あ、ああ。流れで」

「どんな流れなの！　詳しく聞かせて」

僕はみずきさんに事情聴取でもされているかのように、凄まじい質問攻めに遭った。

大きなリアクションを取るみずきさんを見ていると、水無瀬さんにも自然と笑みが咲くようで、そこを見るとさすが人気者だと思う。

それからも、みずきさんの夏休みでの思い出話や、僕が描いてきた絵を見せたりして、面会時間が終わるまで三人で盛り上がった。

夕方になって看護師の人に帰宅を促されることで、やっと僕とみずきさんは病室を出た。

病室を出る際、水無瀬さんは僕だけに聞こえるように耳打ちした。

「今度一日だけ外出許可が下りそうなので、二人でどこか行かないかな？　花火大会の埋め合わせも兼ねて」

「みずきさんはいいの？」

「みずきさんともちろんお出かけしたいのだけれど、先に本宮くんと二人で行きたいところがあるの。なので、もし本宮くんが良ければ、空いてる日があったら教えてもらえないかな？」

「分かった。後で連絡するよ」

そう言い残して病室を後にした。

「本宮くん遅い！」

「ごめんごめん」

僕とみずきさんは黄昏《たそがれ》の空の下、最寄りの駅に向かって歩いていた。

「夕陽が綺麗だねー」

「うん、今日は快晴だからね」

確かに綺麗なオレンジ色だった。

僕は後で水無瀬さんに見せる絵を描く為に、その景色を写真に収めておいた。

「それにしても月ちゃん、元気そうで良かった」

「そうだね」

「でも逆にどうして入院してるのか分からないくらい元気なんだよね。何で入院してるんだろ」

「それは水無瀬さんが外に出歩くのが危ないからだよ。元気そうに見えても、いきなり倒れてしまうことがかなりの頻度であったみたいだし。外で出歩いている時に倒れでもしたら大変だからね」

水無瀬さんが入院しているのはそういう理由だった。

一度、大きな大学病院で検査をしたみたいだが、倒れた原因は分からず、体も脳も至って正常だったらしい。それでも、倒れてしまうことが多く、原因の解明、もしくは完治するまでは入院するとのことだった。身寄りの人間がいないことも大きかった。両親の事もあるし、その上親戚は水無瀬さんのことを煙たがっている節があるようだ。けれど、皮肉にも長期に亘って入院生活ができるだけのお金は水無瀬さんにはある。

「私も何回かお見舞い行っているけど、毎回気になってたことがあるんだよね」

「なにが？」

「まだ一度も月ちゃんの家族を見ていないの。家族が見ていてくれれば入院する必要もないかもしれないのに」

「…………」

「本宮くん何か知ってるの？　教えてくれないかな」

僕が何か知っていることを見越しての質問だった。それが良い話でないことにもみずきさんは気づいているみたいだった。

「それは、言えない」

「そっか」

「……ごめん」

「まあそういうことは本人から聞かなきゃ駄目だよね。本人がいないところでこそこそ自分のこと話されるのって嫌だし」

みずきさんも水無瀬さんの友達だし、最近は増して仲が良い。面倒見の良いみずきさんが水無瀬さんのことをほっておきたくないのも分かるし、そもそも友達のことを知りたいのは当然だと思う。みずきさんの歯痒さが容易に想像できてしまって、僕は何とも言えない苦しさを覚えた。

「本宮くん、月ちゃんを大切にしてるんだね」

「うん」

「羨ましいな」

みずきさんは僕の方を見て言った。

「ねぇ本宮くん。浴衣の件、覚えてる？」

「あ、ずっと返してなくてごめん」

「それは良いの」

「あと、無理して貸してくれたんだよね。みずきさん一人だけ浴衣じゃなかったって」

「ああ、知ってたんだ。気にしないでいいよ。私が勝手にしたことだし。本宮くん凄い必死だったたから貸さずにはいられなかったんだよね」

みずきさんは笑ってくれた。また僕を気遣って。

彼女がたくさんの人から慕われ、信頼されている理由がこれでもかと言う程分かった気がした。

「でも……」

「そんなに悪いと思ってるなら、今ここで貸しを返してよ」

貸し一つ。みずきさんが浴衣を貸してくれた時に言っていたことだ。

僕に何をしろと言うんだろう。

「僕は、何をすればいい？」

「私のことを抱きしめて」

「はっ？」

「だから、私のことを今ここで抱きしめてって言ってるの」

いや、意味が分からない。

こんな人目のある街中の歩道で？　いや、それ以前にみずきさんは何をもってしてそんなことを僕なんかに要求したんだ？　あの、男子にも大人気なみずきさんが？

「意味が分からないよ。こんな場所で」

「じゃあ場所を変えればいいの？」

「そういう意味じゃ……」

平然と言葉を畳みかけるみずきさんだが、その表情を見てみると、余裕など無さそうだった。顔を真っ赤にして、必死に恥ずかしさを誤魔化そうとしているのが分かる。

「ならどうすれば良いの？」

「いや、それは、なんというか……」

でも、これは借りを返す為のことなのでは？　いや、駄目だろ。いやしかし本人が望んでいることなのだから……。

何通りもの自問自答が僕の脳内では繰り広げられていた。

「じゃあさ、私に抱きしめられることを許して」

それなら良いのでは……あれ？　それってほとんど何も変わってない気が……。

結局僕の中でその行動が許されるのか否かの答えは出なかった。

と考えていた時、僕の視界からみずきさんが消えた。その代わりに僕の胸元に確かな存在感と温もりがあった。そして僕の背中に伸びた二つの腕が僕のことをしっかりと包み込んだ。

「え……」

「答えに迷ってるのが悪いんだよ。もうしちゃったものはしょうがないんだから、許してね」

僕の胸元からそんな声が聞こえた。

周囲の人々は僕らのことを見て見ぬふりをしている人が大半だった。

僕の両腕は着地地点を見失い、宙を彷徨っていた。

「あくまで本宮くんからは触れようとしないんだね」

そして、抱擁を一方的にされたまま沈黙が流れた。僕の心中は全く以て沈黙などしていなかったけれど。

鼓動は異常な速度で悲鳴を上げ、今にも機能停止しそうだった。

その長い沈黙を破ったのはやはりみずきさんだった。

「心臓の音、速いね」

「…………」

そんなの当たり前だ！　と叫びたかったが声は出なかった。

「本宮くんには月ちゃんがいるのに、いけない人だな～」

僕は、このみずきさんの言動は勘違いから来ているものだと推察した。相手を間違えたとか、何かのシミュレーションとか。そんな理由だろうと思うことにした。でなければみずきさんが僕なんかを……。

しかし、そんな明らかな愚考を披露する前に、みずきさんは僕に語りかけるように一言、言った。その声音は嘆くようでもあり、慈しむようでもあった。

「小学四年生の頃、母は持病で亡くなった」

いきなり何を言い出したのかと思った。

耳を疑うとはこのことだった。

「それから二年後父は家を出ていき」

しかし、みずきさんが言葉を重ねる毎に僕の中には焦りと不安が生じる。

次第にみずきさんの放つ言葉に対して、僕の胸中では驚きじみた一種の恐怖すら芽生えていた。

「その直後に父は行方不明となった」

忘れたかった感情が次々と滲み出してくる。

認めざるをえなかった。

「その後すぐに妹は祖父母に引き取られ……」

「やめて」

そして僕は聞いていられずに、みずきさんの言葉を止めた。

「なぜみずきさんがそんなことを……」

何を言っているのかはすぐに分かった。それは僕の人生そのものなのだから。

みずきさんは歴史の教科書を音読するみたいに僕の過去を淡々と口にした。

どうして、そんなことをみずきさんが知っているんだ。これが最もな問いだった。

自分の過去のことは誰にも言っていない。中学から高校に移り変わる間にできた僕の空白の一年間で、通っていた精神科医の先生にも話していないし、一番一緒にいる時間が長い水無瀬さんにもまだ話していない。それはみずきさんも同様で、そんなことを話した記憶は僕の中にはどこにも存在しなかった。誰にも知られたくないことだった。なのにどうして。

「どうしてって思ってるね。じゃあ、これなら分かるかな、本宮くん」

みずきさんは僕の背中から腕を解き、後ろを向いて一歩前に出た。僕に背を向けたまま、チャームポイントである短めのポニーテールを解く。そして腕を背中の辺りに組んで半回転した。

回転の力により制服のスカートは重力に逆らい浮き上がり、形の良い脚を一瞬露出させる。解かれた艶やかな黒髪も微かにふわりと風に流されるようだった。

その回る癖はどこか懐かしくて、見覚えがあって。

「いいや」

水無瀬さんよりは随分短い、黒髪のミディアムショートの少女は無邪気な笑顔でこう言った。

「お兄ちゃん」

と。

「……あ、おい？」

僕のことをお兄ちゃんと呼ぶ人間は世界のどこを探しても一人しかいないだろう。いとこではあるけれど、幼い頃からずっと一緒に育ってきた一つ年下の妹みたいな女の子。けれど、中学生になる少し前に別れて以来、一度も会えなかった僕の家族。僕と一緒にいた頃の名前は本宮葵《もとみやあおい》。

「久し振り、お兄ちゃん」

「え、本当に……？」

僕の動揺は治まらない。クラスメイトが実は数年来の家族だったことにも、容姿が随分変わりすぎていて、かつての妹と一致しないことにも。

「うん、葵だよ。お兄ちゃんの過去を知っているのと、今の髪をほどいた私の姿が証拠」

僕の過去を知っているのは当事者である家族しかいないし、僕と最後まで一緒にいたのは葵だったのだ。僕の過去を知っていることが、葵である何よりの証拠であって疑う余地もない。けれど、そんな事実を突き付けられても、この数カ月もの間クラスで時間を共にした女の子が、まさか自分の妹だったなんてことは信じられない気持も反面あった。

　何が何だか頭も理解も追い付かず、僕の気は動転していた。

　聞きたいことは山ほどあった。

　けれど、最初に言いたかったことはずっと前から決まっていた。

「葵……今までずっとごめん」

「どうしてお兄ちゃんが謝るの？　謝るのは私の方だよ」

「いや、僕は葵に寂しい思いをさせてしまったから。本来一緒にいるべき時に、僕は意固地になって家に残った」

「それは違うよ。本当に寂しかったのはお兄ちゃんでしょ？　私が家から逃げ出して、お兄ちゃんを独りにさせちゃったんだ」

「いや、葵は逃げてなんかいない。当たり前だった家族の温かさを求めただけだよ」

「それを逃げたって言うんだよ」

「……でも」

「それに私、知ってるんだよ。お兄ちゃんが近所で疫病神って言われてることも。そう言われたことがきっかけで高校に上がる前の一年間塞ぎ込んで精神科に通っていたことも。それが悪化して全部の責任を一人で背負い込もうとしてたことも。最終的には自分が他者との関わりを断つことで高校に通えるようになったことも。私、何度もお兄ちゃんに会いに行ったんだよ。でも間が悪くていつも会えなくて。それからストーカーみたいなことまでして、それで精神科に通ってることも知ったの」

凄まじい暴露だった。

「どうしてそこまで……」

「そんなの、家族だからに決まってるじゃん」

葵はずっと、僕を家に独り置いてきたことを後悔し、罪悪感に苛まれていたのかもしれない。だからこそ、僕のことをずっと気にしていたんだろう。一番辛かった時期を一緒に乗り越えられればよかったって。それは僕が何度も後悔したことだから。

「私が引き取られた理由ってネグレクトだったんだって。それでね、そんな私を見たお兄ちゃんの両親、今は私の両親でもあるんだけど、その二人が娘も欲しかったんだって、そんな理由で私のことを引き取ってくれたの」

ネグレクト、いわゆる育児放棄。そんなことがあったなんて僕は知らなかった。

「でも、当時の私は塞ぎこんでた。世界の人間全員が子供ながらに敵に見えてた。でもね、お兄ちゃんはそんな暗くて無愛想な私をずっと気にしてくれてた。慰めてくれた。優しくしてくれた。その優しさをくれたから今の私がいるの。こうして元気でいられるの。だからね」

　葵は姿勢を正す。クラスメイトのみずきさんの姿でもなく、僕の妹である気弱な葵の姿でもなく、それは、決意に満ちた「もう逃げない」という意志を湛えた顔だった。

「次は私がお兄ちゃんに手を差し伸べる番。ずっと塞ぎ込んでた私をこうして元気にしてくれたように、今度は私がお兄ちゃんを前へ引っ張っていくの」

　そこには、僕を支えようとしてくれる家族の姿があった。

「葵……」

　僕の目尻には誤魔化しようのない涙が溜まっていて、どうにかそれを零さないようにと堪えるのに必死だった。

「ちょっ、お兄ちゃん何泣いてるの！」

「泣いてなんかいない……」

「そんな鼻水啜りあげながら言われても説得力無いって、あはは」

「これは違うよ……、えっと、鼻に涙が入っただけで……」

「お兄ちゃん、それ泣いてることを認めちゃってるよ」

「ああ、えっと……」

　まさか泣かされるなんて思ってもいなかった。しかも妹、あの葵にだからな……。

「とにかくだよ、お兄ちゃん！」

「は、はい！」

「これからは私がお兄ちゃんのこと支えていくから、だからいつでも頼りにしてよね」

「月並なことしか言えないけれど、葵ありがとう」

「それじゃあ……早速私を頼っていいよっ！」

早速って言われても、いきなり何をどう頼れというんだろうか。家族のことは今すぐどうこうできることでもないし。

「そう言われてもな……」

「いいや、お兄ちゃんは私に頼るべきことがある筈だよ！　少なくとも話を聞くことくらいならできるんだから」

「頼るべきこと？」

葵の言う頼るべきことが本当に分からなかった。

「月ちゃんのことだよ」

月ちゃんと聞いて、確かに思い当たる悩み事はないとは言い切れない。でもそれは葵も同じ筈だ。水無瀬さんが退院するにはどうしたらいいかということなのだから。

そのことを相談したって、葵も困るだけだろう。だったら何を……。

「お兄ちゃん、月ちゃんを凄く大切にしているでしょ？」

「ああ、それはもちろんだよ」

偽りなく水無瀬さんのことを大切に思っている。そこに嘘も欺瞞もある筈がない。

「へぇ、そんな真面目に言い切っちゃって〜。聞いてるこっちが恥ずかしいよ」

「いや、本当のことだからな。何も恥ずかしがることはないだろ」

「それは男前だと言うべきなのか、鈍いと言うべきなのか、天然と言うべきなのか、図りあぐねるね」

「……？」

「お兄ちゃんは、月ちゃんの何をそんなに大切にしているの？」

「それは、水無瀬さんの全部だよ。どうしてか僕は彼女のことを気にしてしまって、気づけば大切だと思うようになっていたんだ」

　それは、まず彼女の絵に興味を持ったからだろう。

　だけど、次第に僕の興味は彼女の絵ではなく、彼女自身になっていった。

　時間を共有していく中で色付いていく彼女の表情や、言葉が眩しくて、それが僕の陰っていた毎日を照らしてくれたから。

　そんな水無瀬さんのことを常に気にかけるようになって、無意識に目で追ってしまって。

「じゃあ、月ちゃんをどうしてそこまで大切にしているの？　人と関わることに悲観していたお兄ちゃんが」

　それは、美しくも儚げな水無瀬さんが消えていってしまいそうだと思ったからだ。

僕は水無瀬さんに消えてほしくなくて、彼女の内に踏み入って抱えているものに気づいていった。

「初めは僕と重なったからだよ。以前の塞ぎ込んでいた僕と同じものを水無瀬さんに感じたんだ。だから放っておけなくなった」

「なら今でも関わっているのはどうして？」

「僕が水無瀬さんと一緒にいたいからだよ」

そう、一緒にいたいんだ。

一緒に絵を描いたのが楽しかった。

一緒に笑えたことが嬉しかった。

一緒にいられたことが幸せだった。

僕の日常の一部にまで溶け込んだ、彼女の様々な表情が温かかった。

時には優しさを伝えてくれたり、時には僕に少し悪戯して笑う姿が可愛かったり、時には隠していた弱さを見せてくれたり。

そういった全部が大切だった。

だから、一緒にいたいと強く思った。

「じゃあ直球に。……お兄ちゃん、月ちゃんのことが好きでしょ？」

「……えっ？」

好き、だと？

その核心的な言葉を聞いた瞬間、僕の胸中に引っかかっていた高鳴りが大きく揺さぶられた気がした。

大切だとはずっと思っていた。それは僕の中の特別には違いなかった。

それが、僕が水無瀬さんを好いているということ……？

今までにない感情を持て余してしまい、僕の脳内は疑問符で埋め尽くされていた。

「あちゃー、やっぱ自覚無しかぁ。だよねー、お兄ちゃんだもん」

「何だよ、その呆《あき》れ顔は」

「いやー？　べつにー？」

含みのある言い方が嫌に気になる。

「ただ、善は急げだよ、お兄ちゃん。月ちゃんもきっとお兄ちゃんからの好きを待ってる」

「いやっ、僕はまだ何も！」

「それにね、私は知ってるの。月ちゃんが私と二人きりで話す時と、お兄ちゃんと話してる時の違い。お兄ちゃんと話してる時の月ちゃん、女の子の顔してた」

そんな葵の言葉が僕の身体中を通して反芻《はんすう》される。『女の子の顔してた』という言葉にはかなりの毒性があったのか、僕の心の芯を麻痺させ、同時に引っかかっていた胸中の高鳴りを更に高めさせる。それはどんなものでも貫く矛の如く、遂には自らの抑えまでもを突破しようとしていた。

「そっ、そういえばさ！　名前どうしたの？」

自身の抑制が警鐘を鳴らしていたから、僕はすぐさま会話の話題を方向転換した。

「あ～！　話逸らしたなー！　まあいいけどね。うん、もちろん蒼井みずきという名前は偽名だよ。彩陽学園高校に入学したのだってお兄ちゃんに会う為だし、最初から正体がばれちゃ意味が無いからね」

本当にストーカーじみたことをしていたみたいだった。

「大丈夫なの？　偽名なんか使って」

「分からないけど、おじいちゃんに可愛く頼んでみたらどうにかしてくれちゃった。ちなみにね、蒼井みずきの名前にした理由は、まずお兄ちゃんに苗字なら呼ばれるかもって思ったから蒼井にして、みずきはパパとママの名前から取ったものだよ」

母さんが本宮美恵子《みえこ》で父さんが本宮和輝《かずき》だから、なるほど確かにみずきになる。

それにしてもおじいちゃん、孫に弱すぎる。

「でも、僕に蒼井って呼ばれたかったなら、どうしてずっとみずきさんなんて呼ばせてたの？」

「いやー、やっぱりばれるのが怖くなっちゃって。都合良く名前を覚えられてたからそのままにしちゃった」

　最初から蒼井と呼んでいれば僕もいらぬ恥を掻かずに済んだのに。

「でも本当に葵だと気づかなかったよ。随分大人っぽくなったし、全然分からなかった。髪を解いてる今でも、立っているだけじゃ分からなかったかも」

「へへっ、色々と努力したんだから。どう？　私可愛くなった？」

「うん、とても可愛くなった」

「え、あ、答えてくれるんだ……」

「努力したんでしょ？　なら僕だって恥を忍んででも素直にならないといけない」

「そういう変なところで律儀なのは昔のままなんだね。あ、私、駅まで行かないからこの辺で別れようかな」

「なら、良ければ送っていくよ」

「大丈夫、ここまででいいの。ありがとね、話聞いてくれて。今度家行くから！」

「僕の方こそ葵に会えて本当に良かった。いつでも待ってる」

「あ、最後に一つ」

　そう前置きをして、葵は言った。

「月ちゃん、昨日あまり病状が良くなかったみたい。ナースの高岡さんも私も、月ちゃんに口止めされてたんだけどね。『本宮くんには言わないでもらえるかな？　心配かけたくないから』って。私は偶然知ったんだけど、こういうことはやっぱり、月ちゃんの一番近くにいるお兄ちゃんが知っておくべきことなんだろうなと思って」

「悪かったって……どのくらい？」

「私も詳しいことは分からないけど、一日中意識を失ってたみたい」

水無瀬さんの現在の状況は、何も分からないらしく、手の施しようが無いという。

そこで悪化の一途を辿ってしまったらもうどうしようもない。

「……そっか。教えてくれてありがとう」

何としてでも水無瀬さんの状況を改善する方法を見つけ出すしかない。

「うん。良くなって三人で遊べるようになるといいな」

そこで葵と別れた。

僕は帰宅後、葵の正体を受け入れた後、落ち着きを取り戻してからはずっと水無瀬さんのことを考えていた。

自分が知っている水無瀬さんの病気に関することをノートに箇条書きした。

・色を失った。

・夏休みの補習中に倒れた。

・それからは度々倒れることがあった。

・昨日意識を失った。
思い当たるのはこの四つだった。

僕はそれらの出来事があった日にちを書き足してみた。

「うーん……」

唸《うな》るしかなかった。僕はただひたすらその四行を見つめ続けた。
・色を失った。（高校入学前）
・夏休みの補習中に倒れた。（七月三十一日）
・それからは度々倒れることがあった。（夏休み中）
・昨日意識を失った。（八月三十一日）
心苦しかったが水無瀬さんに色を失ったのはいつかを聞いた。

するとすぐに返信が来た。

【冬頃だったと思う。……クリスマスとかお正月とか、そういうイベントで街が賑《にぎ》わっていたような気がするよ】

普通に返信が来て少し安心した。今日こそ普通そうだったけれど、昨日はずっと意思を失っていたと聞いてまさかと思っていた。だから、返信が来るだけで安堵する。

去年ではあるけれど、まだ一年も経っていないらしい。冬頃にそんなことがあったのならば、確かに高校の入学に間に合う筈がない。

ありがとうとだけ返信して僕は画面を閉じる。
・色を失った。（去年の十二月終わり）
と書き換えた。

そしてそれを見て早くも気づくことがあった。

それは、水無瀬さんの生活が大きく変わったきっかけの出来事があったのはすべてその月の終わりであること。であるならもう一文書き足す必要があった。
・高校に初登校（七月一日）
「いや、違うな」
・高校に初登校（六月三十日）
僕と初めて出会った日が彼女の初登校だと言える。

偶然である確率は高いかもしれないけれど、ここ三カ月は最後の日に何かが必ず起きている。もしかしたら今月の最終日にも何か……。

現実的な考え方でないことは分かっている。でも医者すら何もできない状態なのに、普段は今まで通り元気なのだ。ならばそういった非現実的な推測もしてしまう。

「……ん？」

非現実的なという言葉に僕は引っかかりを覚えた。

あのカフェ。魔法みたいなことができるあの場所だ。あの不可思議なカフェでなら、医者にも判明不可能な症状を患うこともあるかもしれない。

水無瀬さんが何かを願い何かを代償としていたら、医者でも治療できない呪いみたいなものをかけられるんじゃないか？

そして水無瀬さんの過去を教えてもらった時に、彼女は言っていた。

変わり果てた家庭が嫌になって、昔みたいな家族に戻りたくて、そうしてしまったのが自分の絵であるから、絵なんか描けなくなればいいと願った、と。

そして、水無瀬さんは、

——私の願いを叶えるかのようなタイミングで、私は色を失った。

とも言っていた。

もしもそれが、あのカフェが原因だとすれば。僕としては納得がいく。

そして、水無瀬さんの呪いを解くことができるかもしれない。

そう思い立つと、僕はそのまま家を飛び出していた。

電車はもう走っていない時間だ。自宅の倉庫から自転車を引っ張り出して、それで駆け抜ける。

水無瀬さんを一分でも一秒でも早く助ける為に。

僕は明日も学校があるというのに真夜中にカフェを目指していた。

夏の終わりの夜に全速力で飛ばす自転車。深夜ともなれば車通りも少なく、僕の歩き慣れた街は、僕の知らない顔を覗かせていた。

それから何も考えずに道を彷徨った。すると、一つ住宅地から外れるようにある一本道を見つけた。その道を進むと開けた場所に出た。ベンチや申し訳程度に置かれた遊具。見覚えのある公園だった。

そうして体力の限りに走らせた自転車は、目的地に踏み入れる。もう二度と訪れることはないだろうと思っていた魔女の家のような外観のカフェ。そんな場所に自ら、単身で人気のない住宅街もとい迷路に僕は飛び込んだ。

やはり、このカフェは願う者の前に現れるようだ。以前カフェに辿り着いた時とは、道中の風景が明らかに異なっていたのに、今回も辿り着けたことからそう分かった。ここは僕の理解の範疇《はんちゅう》を超えている。

水無瀬さんを今の状態にしたのはここで間違いない。

そんな根拠の無い自信を抱き、僕は草木で覆い尽くされたカフェの扉を開けた。

「いらっしゃいませ。こんな夜更けにお客様とは珍しいものです」

改めてこの店のマスターである目の前の男性には、何でも見透かしてくるような、そういった言いようのない不気味さを感じる。

「聞きたいことがありまして」

「道に迷われたのですか？　最近はこのカフェに迷い込む人が多くて少し心配してし

まいます」

　この男の言う道に迷うとは、『人生という一本の道から外れてしまうこと』を言うのだろう。二度目の対面となると、言葉の真意を理解できる気がした。

「いえ、僕は自分からここに来たんです」

「自分から、ですか。偶然見つけたからではなく？」

「はい。僕はマスターにお願いがあってきました」

「お願い、ですか……、何を仰っているのですか。ここはカフェです。まずはコーヒーでも飲んで落ち着いてください。話はそれから聞きますよ」

　マスターはそう言ってコーヒーを淹れ始める。前回来た時と同様に、この場所の記憶を奪う為の対処だろう。

「いいえ、結構です。記憶を失いたくはありませんので」

「……なぜこの場所を知っている？」

　この店のことを知っていると確信させる言葉を放つと、マスターの雰囲気が一瞬にして鋭利な刃物のような危険を感じるものへと変わった。

「それは、僕が以前この店に訪れているからですよ」

「……そうですか。ではお客様は何をお望みで？」

　しかし、その雰囲気も一瞬で、気づけば元のマスターに戻った。

「僕は一人の女の子について知りたいんです」

「その方のことを知りたい。それがお客様のお願いだと？」

「いいえ、僕はその女の子について話を聞いた上で、お願いがあるんです」

正直言うと確信はなかった。けれど、本当にあったかのように鎌をかけた。そうすることで実際に水無瀬さんがこの店を利用した場合、このマスターにはぐらかされないようにする為だ。

「では、まずはその女の子の名前を聞いても？」

訝しむマスターは、警戒を緩めることなく話の続きを促した。

「僕が知りたいのは、水無瀬月という女の子についての話です」

「水無瀬月、ですか……」

「その名前に覚えはありますよね？」

僕は、僕のできうる限りの気迫で、更に畳みかける。

「彼女、水無瀬さんは、医者では解明できない症状を患い不自由になってしまった。せっかく学校に来られたのに、せっかく過去と決別して笑えるようになってきていたのに、なのに、原因不明の症状が今は自由になることを許してくれない。そんな医者にも解明できない症状を発症させるなんて、この場所の力でしかできないんだ」

「…………」

「視覚からも身体からも色を失い、それでも必死に生きていた水無瀬さんが、次は身体の自由を失おうとしている、その原因とはなんなんですか！」

僕の口からは、自然とそんな言葉が溢れ出た。抑制するものはなく、僕にとって誰よりも大切な人の自由を、時間を奪っていく苛立ちを募らせて。

「原因、ですか。それはあなたですよ」

「……え？」

僕がなんだって？　僕が原因……？

「そうやって、彼女の為に親身になってくれる人が現れたのがおそらくは原因でしょうね。水無瀬月は、あなたと出会って幸福を感じてしまったから」

「どういうこと、ですか……」

思いもよらぬ回答に、僕の脳内は冷や水を浴びさせられた気分だった。苛立っていた気持ちは静まり、忽ちのうちに冷静さを取り戻す。

「確かに水無瀬月は私のところに来て、願望を叶えました。それはあなたの考えた通りだ。ですが、あなたは根本的に見落としていることがある」

「見落としていること……？」

「あなたは彼女が何を願ったと思っているのですか？」

「それは……」

水無瀬さんは、家族を失った原因の絵が描けなくなればいいと願っていたと言っていた。だからそうなんじゃないかと……。

「絵が描けなくなればいいと、そう言ったんじゃないですか？」

「やはりそうお考えでしたか。それはそうだ、彼女を苦しめた根本には絵がある。ですが、彼女が願ったのはそんなに小さな願望ではない」

小さな願望だと、マスターは言った。

水無瀬さんの全てを奪って、そして僕と出会わせてくれた願い。絵画というものを愛し、憎んだ、彼女の人生の全てと言ってもいい願いを、小さいと言い切ったんだ。

「……なら、水無瀬さんは何を願ったというんですか」

「彼女は単純に——幸せになりたいと、そう望みました。そして言ったんです。幸せになりたい、幸せになって、そしたらそのまま、消えてしまいたい。と」

「…………」

言葉が出なかった。水無瀬さんが当時そう零したのを容易に想像できたから。そんなどうしようもなくなった彼女の絶望の程を。

「水無瀬月は、代償として自分自身を差し出しました。そしてそれはその願いを叶えるには余りある代償でした。世界的に見ても稀代《きだい》の若き才能を持っている美しい女の子、それは将来性を踏まえても、代えがたく、大きな価値を持っていた」

「……っ！」

やはり僕の口からは何も言葉が出ない。水無瀬さんを物であるかのように話す無機質なマスターの口調が癇《かん》に障って、どうしようもない悔しさがむせ返るだけで、何も言えない。

「そうして、水無瀬月は願望を叶える契約を交わしたのです」

「……それで……」

「はい、何でしょう」

「それで、水無瀬さんが今の症状に侵された理由はって、結局何だっていうんだよ……っ」

心を抑えるのに必死だった。僕はどうすれば……。

「契約後、水無瀬月は幸せになるにつれて存在が消えていく代償を負うことになったのです。そして彼女自身がその幸せを目指すきっかけを作る為に、彼女を構成する上で重要な色を奪いました」

「それで、水無瀬さんの両親はっ！」

「そう言われましても、契約後の個々人の問題はこちらの管轄外のことです。彼女の行動のとり方によっては両親と幸せになる未来もありましたから。選択したのは彼女自身です。こちらは彼女の望み通り、幸せになるきっかけを提示したに過ぎませんからね」

「だからって、そんなの無責任すぎる……」

尻ぬぐいは一切しない。自らの選択で幸せを掴めと、そう言っているんだ。そして

それは水無瀬さんが望んだことだと。

「話を戻しましょう。今の水無瀬月の症状についてでしたね」

「あ、ああ」

「話した通り、水無瀬さんはある日を境に自分の探していた幸せを見つけたのです」

「幸せを見つけた？」

「はい。それがあなたとの出会いだったわけですよ」

僕……？

「あなたと一緒にいることで、彼女は今までにない程の充実感を覚えました。そうして時間を重ねる毎に幸せを感じていったのです」

だから、僕が水無瀬さんに幸せを感じさせたから、水無瀬さんは自由を失っていったというのか。

「あなたと出会ったのは六月最終日。それからはひと月毎に、水無瀬月の症状は進行していくようになりました。それには、あなたも身に覚えがありますよね？　それは、すべてあなたと出会ったから、色を失っても尚、色を望めたあなたの絵を見てしまっ

たからです」

「でも、だとすると……」

「ええ。あなたと出会って水無瀬月は幸せを知った。あなたと一緒にいる中で更に幸せになっていっています。でもそれは同時に、あなたと一緒にいることで消える未来が近づいていっている現れでもあります。水無瀬月があなたと出会ってから丁度一ヵ月が経った日、彼女は倒れた」

水無瀬さんは、僕がいれば最悪にはならない、と言った。でも、消えてしまうなんて、それこそ最悪の未来だ。僕の隣に水無瀬さんがいる。そんな未来を望むことはできないのか……？

「……僕が水無瀬さんと会わなくなれば、彼女は回復しますか？」

「それは望めません。幸せになって起きた代償です。一度感じた幸せを無かったことにはできませんよ」

「じゃあ、何か彼女を救う方法は無いんですか⁉」

「今の状況から回復する方法は、彼女が自分の意志でここに回復したいと願うこと以外ありません。願った本人が一番の影響を受けなければならないという決まりがある為、たとえあなたが何かを代償に水無瀬月を救う願いをしても受理されないのです」

「ならどうにかして……！」

「ただ、水無瀬月がその願いを叶えようとした時に捧《ささ》げる代償は、今まで感じてきた幸せです。きっと水無瀬月はあなたと過ごした幸せな日々を代償になんてしない……。だから、あなたは、水無瀬月を幸せにしてあげるべきなのです。彼女もそれを望んでいる」

「あなた自分が何を言っているか分かってるんですか⁉」

それは、水無瀬さんを自ら消そうとしているようなものだ。そんな諦めたような真似は僕が許さない。

「分かっていますよ。私の仕事には水無瀬月が幸せになるサポートも含まれていますから。あなたと水無瀬月を美術室に閉じ込めた件は私の仕業ですし、そのような地道なサポートをずっと行っていたのです。ただ、勘違いはしてほしくないので言っておきますが、水無瀬月はあなたとの幸せを選んだ、だからこそ、その二人の手助けをしているのです。様々な幸せになる道があった彼女は、その中でもあなたとの時間を選んだのですよ」

マスターの言う内容が事実であれば、それは僕にとって光栄なことだ。

けれど、僕と水無瀬さんがこうして分かり合えているのは、重なる偶然などではなく、仕組まれた必然だったと、そういうことなのかと、疑ってしまう気持ちも芽生えてしまう。

もしかしたら、僕が水無瀬さんと出会った日、僕の持ち物から使おうとしていた鉛筆が消えていたことや、美術の授業の時に葵（みずきさん）の使っていた絵の具の色が不足していたことなど、そういった些細なことなども、僕が水無瀬さんの理解者になる為にはなくてはならない出来事だったのかもしれない。そしてそれは、目の前にいる男に仕組まれていたのかもしれない。

そう思うと、どこか寂しくも思えてきてしまった。

「では、僕が水無瀬さんと関わらなくなれば、状況はこれ以上悪くはならないということですよね？」

「一応はその通りです。ですが、それは彼女が望むことではありません」

でも、消えてしまうよりはきっと良い。例え病院生活が続いても、僕と会えなくなっても、彼女が生き続けてくれるならそれで……。

「……色々と教えていただきありがとうございました。僕はこれで失礼します」

僕の心は既に一杯一杯だった。

この願望屋で僕にできることは無いと分かった今、長居は無用だ。

「最後に一つ、あなた様の名前をお聞きしてもよろしいですか？」

「僕は本宮といいます」

そう言い残して、僕は現実から目を背けるように、カフェから逃げ出した。

「そうですか、あなたが本宮さんですか。以前とは随分表情が変わった。水無瀬月との出会いは、あなたにも大きな影響を与えたということですね――」

一人、小綺麗な店内に残されたマスターはそう呟いた。

「私は陰ながら見守っていますよ、本宮さん。あなたの色の見つけ方を。あなたの選ぶ結末を。本宮さんが初めてここに訪れて願いを告げた時から、既に運命は回り始めていたのですから……」

そんな男の呟きは、珈琲《コーヒー》の香りと共に宙へと溶けていった。

第五章　儚い存在感

あの日から、僕はずっと水無瀬さんとの距離について考えていた。お見舞いには未だ行っているし、連絡も取っている。しかし、僕が原因で消えてしまうと言われれば、距離を置こうと思わずにはいられなかった。

けれど、水無瀬さんが一緒にいることを望んでいるのも僕は知っていたから、何もできずにいた。

「本宮くん、今日はありがとう、一緒に来てくれて。せっかくだからたくさん楽しもう」

そんな中途半端な気持ちを引きずったまま、僕は水無瀬さんとショッピングモールに来ていた。

今日は外出許可を得た水無瀬さんと二人きりで花火大会の埋め合わせに、都会の方へ遊びに来ていた。と言っても、病院側からは県を越えてはいけないと釘を刺されていたので、遠出とまではいかなかった。けれど、それでも水無瀬さんは満足しているみたいだった。

とりあえず、今日は僕も楽しもう。そう思い、水無瀬さんが行ってみたいと言っていた場所に次々と足を運ぶ予定を立てていたのだった。

「それにしても広いね」

「うん、私が想像してたよりもずっと人が多い……。これが人混みなんだね。日曜日だからっていうこともあってかな？」

「はぐれないように気をつけてね」

「子供扱いは嬉しくないなぁ……」

「でも、水無瀬さん方向音痴だし」

「なら、はい」

水無瀬さんは僕の方へ左手を差し出してきた。

「私、こういう人の多い場所に行った時、迷子になるからという理由で手を繋いでもらうことに憧れていたの。だから、はい」

ご存じの通り私ってバカみたいに方向音痴だもの。なんて言って水無瀬さんは笑って手を差し出した。

「そうだね、それは否定できないかな」

僕は無意識の笑顔を浮かべながら、差し出された小さな手を優しく握りしめる。

「……そうやって何の迷いも無しに認められると、素直に頷きたくないものだけれど。でも、私の憧れの一つが叶ったから良いかな。ふふっ、嬉しい……。方向音痴という口実があってよかった」

「それも口実なんだね。要は手を繋ぎたかったと？」

「うん、そういうことだよ。素直に言っても本宮くんは恥ずかしがってしまいそうだなと思って。わざわざ混んでいる時間に来て正解だったかな」

そう言う彼女の笑顔はとても自然体で愛らしいものだった。やっと自然と表に出せるようになったこの笑顔を失いたくないと僕は心底思った。

「ちょっと、走ると転ぶよ」

僕の手を引っ張りながら先導する水無瀬さんだけれど、僕が注意した傍から足を踏み外す。

「ほら、もっとゆっくり歩こう。最近はずっと寝たっきりだったんだから、脚が鈍ってるんだよ」

「ごめんね、嬉しくってつい。でも手を繋いでいる意味があったね。受け止めてくれてありがと……。さすが男の子」

悪びれる様子の無い彼女を見て、こんな笑顔がずっと見られたらいいのにと思った。最近では、ベッドの上で横になっている水無瀬さんに見慣れてしまった僕ではあるけれど、やっぱり彼女には年相応の女の子らしく、笑っていてほしい。そう思う。心からそうあってほしいと思う。だけれど僕は……。

それからも、僕は水無瀬さんに引っ張られ続け、ショッピングモール以外にも、カラオケやゲームセンターなどに行って遊び回った。水無瀬さんは高校生が行くような場所で遊んでみたかったらしい。

今まで友達と遊びに行くことも無かった水無瀬さんがしたいと言ったのは、そういった誰もが当たり前にしていることだった。

以前水無瀬さんが言っていたように友達を作って遊んだりする、そんな当たり前を享受できるのを羨んで、そうしてありふれた当たり前の幸せを望む。僕にも、その気持ちはどうしようもなく理解できるものだった。

当たり前を失った僕らの求めるものは、いつだって当たり前の幸せなんだ。

そして同時に、僕と一緒にいるのを当たり前の幸せだと思ってくれている今の水無瀬さんの日々を、僕は自ら否定しなくてはならないことも、また事実だった。

陽が傾き、空が陰りを見せ始めた頃、僕らは娯楽施設から少し離れた場所に来ていた。

「お父さんとお母さんのお墓がここにあるの。実は私、ここに来るのは今日が初めてでね。今までずっと足を運ぶ勇気が持てなかったから。でも、本宮くんがいてくれるなら大丈夫だと思ったの」

そこはずらりと墓石が立ち並ぶ墓地だった。

「でも、僕も一緒に来て良かったの？」

「一緒に来てほしかったんだよ、本宮くんには。私の両親に会ってあげて」

比較的新しい墓石には水無瀬海人《かいと》、水無瀬空《そら》と名前が端正な文字で彫られていた。

海に空に月。綺麗な名前の家族だというのが僕の一番の感想だった。

隣にいる水無瀬さんは両手を合わせてずっと目を瞑っている。きっと話したいことがたくさんあるんだろう。僕も静かに両手を合わせて目を閉じた。

一言だけ『月さんと出会えて本当に良かったです』と心の内で唱えた。水無瀬さんを生んでくれてありがとう、育ててくれてありがとうといった言葉はどこか違う気がしたから。

服装は私服、お供え物は無し。ただ、水無瀬さんは会いたくて両親に会いに来た。だからそれで良い。変に畏まらずに、子が親に甘えるように、伝えたいことがあったから訪れただけ。また伝えたいことができたら再び訪れればいい。そんな家族の本来あるべき形を見た気がした。

僕も近いうちに葵と一緒に母さんの墓参りに行こう。そう思った。

「もういいの？」

水無瀬さんが目を開けたのを確認すると、僕は訊いた。

「うん。言いたいことは全部言えたもの」

「そっか。なら良かったよ」

「一緒に来てくれてありがと……。本宮くんがいなければ、ずっと来られなかったと思う」

「僕の方こそありがとう。こんな大切なことに同行させてもらえて」

水無瀬さんの表情は澄んでいて、出会った頃に感じた、言いようのない毒素が抜けたようだった。ずっと抱えていた水無瀬さんの両親へのやるせない思いに、答えを出せたのかもしれない。

「次の場所が最後だよ。消灯時間には病院に戻らないといけないので、早く行かないと」

僕と水無瀬さんは飲食店で早めの夕食を済まし、最後の目的地へと向かった。


電車を経由して、僕らは学校の近くへと戻ってきていた。

学校を越えて、更に進んだ場所にある高台。そこが最後の目的地だった。

「こんな場所があったんだ……」

それは、僕らを出会わせてくれたこの町全体を見渡せる高台だった。

夜の帳が下り始めた街では、各々の住宅が家庭の光を灯し人々の営みを感じさせた。

「思い悩んだ時、私はいつもここに来るんだ。この夜景がとっても好きだから。私の住んでいる町を見ていると、自分は一人じゃないんだと思えてくるの。確かに私はここにいるんだと、そう思える。そして、この景色を誰かと一緒に見たいとずっと思っていたの」

大きな建造物はなく、だからといって広い畑があるわけでもない。都会から少し離れた中途半端な町。でもだからこそ、町には温かな明かりが満ち溢れていた。人工的すぎずに、自然的すぎない町だから見られる大量の家庭の光。そんな光景は僕の琴線を揺さぶるには十分すぎる輝きを放っていた。だから僕は思った。

「思わないかな？　この景色を絵にしたいって」

「今思ってる。というか描くよ。描かずにはいられない」

僕の返事に水無瀬さんは満足そうに頷いた。

今の水無瀬さんの目にはこの町の光がどう映っているんだろうか。

ただ僕は、僕の絵を介して、好きと言ったその光を、色をまた見てほしいと思った。

「水無瀬さんのことも描こうかな。最近描いてなかったし」

「うん、描いてほしい……。久々の描画会だね」

僕はベンチに座りバッグからスケッチブックと鉛筆を取り出す。水無瀬さんは高台から町を眺めるようにして立っていた。

それから僕と水無瀬さんは今日一日の思い出話をしたり、病院や学校のことを話し合っていた。それは病院へ戻らなければいけない時間間近まで続き、その頃になってようやく絵は完成した。

「描き終わったよ」

そこには、平凡な街並みを背景に、一人の少女が描かれていた。

「またこの景色を、この景色の温かな色を、もう一度見られるなんて思ってもいなかった……」

「そう言ってもらえて何よりだよ」

「それに本宮くん、絵が上達したように見えるよ」

天才画家と謳《うた》われた人からのお褒めの言葉だった。

「その絵、水無瀬さんにプレゼントするよ」

「いいの？」

「うん。僕はこの景色を、水無瀬さんにもう一度見てもらいたくて描いたんだから」

「ありがとう、本宮くん……」

そろそろ病院に戻らなければいけない時間だ。しかし、僕はまだ水無瀬さんに伝えなければならないことがあった。

「水無瀬さん」

「うん？　どうかしたかな」

「あの……」

「うん……？」

言葉がなかなか切り出せない。今日までずっと考えて、覚悟したのに。でも言わないといけないことだ。

「僕は……」

「うん」

「僕はもう水無瀬さんとは会えない。今日で会うのは最後にしたい」

これが僕の選択だった。何があっても、水無瀬さんを失いたくなかった。たとえ会えなくても、今も水無瀬さんは精一杯生きているんだと、後でそう思えればそれで良かったから。

「……分かったよ」

「ごめん」

「そう、暗い顔をしないでよ。気が向いた時にまた病院に会いに来てくれればいいのだから。私はいつでも本宮くんを待っているから」

「…………」

もう一生会えない。とまでは言えなかった。泣き出しそうなのに無理して笑う水無瀬さんを見たら、僕はもう何も言えない。

「私の病気って治らないんだよね？　だから、いずれいなくなる人の傍にいるのは辛いから離れていってしまうんだよね？」

「そんなんじゃ……っ！」

いや、でもそういうことなのかもしれない。

僕が一緒にいると水無瀬さんは消えてしまう。でも、消えてほしくないからではなくて、消えていく彼女を見たくないという気持ちも確かにあった。

「今まで一緒にいてくれて、本当にありがとう」

「…………」

「本宮くん、最後に、私の名前を呼んでもらえないかな？」

「……水無瀬さん」

「ううん、下の名前で。実はみずきさんが下の前で呼ばれていることをずっと羨ましいと思っていたの。だから、最後に、呼んでもらえないかな？」

「……月さん」

「さんを付けないで」

「……月」

「ふふっ、なんか照れくさいな。でも嬉し……」

水無瀬さんは懸命に不格好な笑みを浮かべて言った。

「私、今とっても幸せだよ」

その後、僕らは終始無言で病院に戻った。

病院に戻っていく水無瀬さんの背中はいつもよりずっと小さく見えた。

翌日も、その翌日も、僕は水無瀬さんのお見舞いには行かなかった。

二人で出かけたのを最後に彼女と会うことが無くなれば、これ以上悪くなることはないだろうと思っていたからだ。

しかし、そんな僕の考えは甘かった。それは今までの幸福の蓄積があったからなのかもしれない。

九月三十日。水無瀬さんは、声を失った。


十月に入っても僕は水無瀬さんと会うことはなかった。

学校に行くのは、水無瀬さんのお見舞いに行けるから、彼女に会えるからという理由が大きかった。彼女に会えない今、学校なんてただただ退屈なだけの場所だ。そんな様子の僕を葵は気にしているみたいだったけれど、今はそっとしておいてほしいという旨を伝えたら、それ以降は口を挟んでくることも無くなった。

再び一人になった僕は、無心になる為にひたすらに絵を描き殴っていた。

何かしていないと水無瀬さんのことばかり考えてしまう。だからといって真面目に授業に取り組もうとも、全くもって集中ができない。そんな授業中の負の堂々巡りじみた思考を中断させる為に、僕は絵を描いていた。

そんな描いている絵も、隣に座る水無瀬さんの絵ばかりだったから、堂々巡りから抜け出せたかと言えば首肯はできないけれど。

「……はぁ」

盛大に溜息をついた。

携帯を開けば水無瀬さんにメッセージを作成し、送る寸前でその手を止める。

そんな動作を繰り返すこともしばしばあり、何をしていても水無瀬さんのことばかりだなと、呆れて溜息が出てしまった。

「何だよ、これ……」

自分の思考も感情も分からない。どうすればいいのかも分からない。

会いたい、けれど会えない。大切だから会わないことを決意したけど、その選択は本当に大切にしていると言えるのか。

僕は答えの分からない自問自答をひたすらに繰り返すしかなかった。

そうしている間にも時は過ぎ去り、水無瀬さんに対する答えが何も出ないまま、決意したことへの疑問だけを残してひと月が過ぎてしまった。

幸いなことに、月末の十月三十一日に水無瀬さんの病状が悪化したという話は聞かなかった。その日の葵からの連絡は、病院でハロウィンパーティーをしたんだという内容のメッセージだけだった。

どうやら思っていた通り、僕との距離ができたことで水無瀬さんの症状の進行は止まったみたいだ。

僕の選択は、間違いなんかじゃない、よな……？


十一月。マフラーを巻いて学校に登校する季節がやってきた。

今でも定期的に水無瀬さんのお見舞いに行っている葵から、水無瀬さんが声を発せられなくなったのは以前に聞いていたけれど、それでも僕が会いに行くことは一度たりともなかった。

正直、水無瀬さんと会えないことがこれ程までに辛いとは思ってもいなかった。

『目から遠くなると、心が近くなる』という外国のことわざを聞いたことがある。今の僕がまさにそれだった。水無瀬さんと会えなくなって、彼女が僕にとってどれだけ大きな存在なのか、大切な存在なのかを実感した。

以前葵に、それは好意だよと指摘された時に感じた胸に引っかかる高鳴りは、その時とは違い、暗雲が立ち込めたまま燻《くすぶ》っていた。

これが好きだという気持ちなら、恋なんて苦しいものでしかない。

「お兄ちゃん」

耳元にそんな囁き声が聞こえた。

「どうしたの？」

僕に話しかけてくる人なんて、今は葵しかいない。

みずきさんが葵だと明かした翌日からは、葵は髪を結んでくることはなくなっていた。もう『みずきさん』でいる必要はなくなったのだろう。

「これから月ちゃんのお見舞い行くから一緒に付いてきてよ」

「いや、僕はいいよ」

「付いてくるだけでいいからさ」

「僕、実は前に水無瀬さんを外に連れ回しちゃったから、会うの禁止にされてるんだ」

「それは病院から？」

「うん、そう」

「そんなの私がどうとでもしてあげるから、とりあえず行こ？」

「めちゃくちゃ言わないでよ。僕は行かないから」

「もう、頑固だなあ。じゃあ今日、家に泊まりに行くから、その時何があったのか聞

「かせてね」

「ちょっと、勝手に決めないで」

「今度行くって言っておいたじゃん。今日行くから待っててね」

「はあ……」

僕は葵に何を話すべきなんだろう。水無瀬さんのことは葵も知りたい筈だ。でも、不用意に話していいような内容ではない。さて、どうしたものか。

学校から帰宅後、五年ぶりに葵がこの家に帰ってくるということで、僕は葵を迎え入れる為に夕食の準備をしていた。

献立は、小学校の頃に葵が好物だったものばかりだ。親子丼に、豚汁、胡瓜《きゅうり》の浅漬け、などなど。葵は基本的に和食を好んでいた。

後は親子丼を作れば料理完成というところでインターホンが鳴った。

玄関まで行き家の鍵を開ける。すると、僕が扉を開ける間もなく葵は勝手に家に上がってきた。

「五年ぶりにただいま！」

制服姿のままの葵は、多めの荷物を持ってリビングに駆けていった。

「おお、いい匂い！　もしかして豚汁？」

「そうだよ。あと今から親子丼も作るから。葵好きだったよね？」

「うん！　大好き！」

「じゃあちょっと待ってて。家の中散策してもいいけど、散らかさないでよ」

「分かってるってー」

この返事をして、本当に分かっていた人を僕は未だかつて見たことがない。これは後で片付けをしなきゃならなそうだなとため息が出た。

数分後、料理が出来上がったので、僕と葵は食卓に着く。

「なんか、こうやって料理を間に挟んで向かい合うのって久し振りだね」

「そうだね。懐かしいな」

小学生の頃も、母が亡くなって父が忙しそうにしていた時は僕がこうして食事を用意する機会も多々あった。そんな時のことを思い出したんだろう。

「でも食卓が小さくなった気がするよ」

「成長した証拠だね」

成長期が始まる前に離れた僕と葵では、身長の伸び切った目線で食卓を囲むのが新鮮だった。

こうして改まると、目の前に葵と再会できたことが現実なんだと思えてくる。僕としては、妹がこんなにも元気に成長してくれた現実を喜ばしく思った。

いやしかし、昔は臆病で内気だった葵が、今じゃクラスの人気者の委員長だからな。

「まさか葵がなぁ……」

「ん？　どうしたの、お兄ちゃん」

「いいや、何でもない。本当によく成長したなってね。さあとりあえず食べよう。いただきます」

僕に倣い、葵も手のひらを合わせて律儀にいただきますを言った。

葵は「お兄ちゃん料理の腕あげたね」とか「これならおばあちゃんにも引けを取らないかも」などと惜しみない賛辞を並べてくれた。

いつか葵が帰ってきた時の為に、定期的に同じメニューを練習していたということは隠しておこう。

「ご馳走様でした」

「お粗末様でした」

「いやー、お兄ちゃん一人暮らししている間にこんなにも料理が上手くなってたなんて。月ちゃんも喜ぶわけだ」

ここで水無瀬さんの名前を出すあたり、以前水無瀬さんに手料理を振る舞ったという話を覚えていたんだろう。

そんな葵はコップに注がれたお茶を一気に飲み干すと、すぐに話を切り出した。

「それで？　月ちゃんと何かあったの？」

「ん、何の事？」

「とぼけないで。話を聞く為に今日私はここに来たんだから」

「……別に、何も無いよ」

「何も無いわけないでしょ。私が何年お兄ちゃんのこと見てきたと思ってるの？　私はお兄ちゃんより、お兄ちゃんのこと知ってるよ」

　これはもう折れるしかないみたいだった。

　水無瀬さんに対する感情に答えが見つからなくて持て余しているのも事実だったから。

　僕は水無瀬さんについて、過去の話を省いて軽く説明した。信憑《しんぴょう》性も現実味もない話になってしまったけれど、葵は終始真剣に聞いてくれた。

「なるほどね。月ちゃんが言ってたのもある意味正しかったんだ」

「水無瀬さんが言っていたこと？」

「うん、月ちゃんは私に、今の病気はもう治らないみたいって教えてくれたの」

　それは水無瀬さんが高台で言っていた話でもあった。確かに治らない病気と言えば間違えではない。少なくとも、呪いの類のものに近いものであって、病気ではないから医療という技術で治すことはできない。

「その病気の原因が、呪いみたいなもののせいで、幸せになればなる程、病状が悪化していくってことでいいんだよね？」

「うん」

「そっかー」

「こんな話信じてくれるの？」

「お兄ちゃんじゃなかったら信じなかったと思うけど、お兄ちゃん嘘はついてないんだもん。だから信じるよ」

突拍子のない話だろうと無条件の信頼を示してくれる。そんな葵の態度に、長年の孤独で固まった僕の心が溶かされていっているみたいだった。

「それで、お兄ちゃんはどうするの？」

「え？」

「お兄ちゃんはどうしたいのかを聞いてるの」

「僕は……水無瀬さんに消えてほしくない」

「でも、それって月ちゃんの幸せを奪ってるのと同じことなんだよ？」

「……でも、僕は」

水無瀬さんは幸せになると消えてしまう。だからといって、このままだと声も出せずに病院生活をずっと送っていかないといけない。

それに、水無瀬さんは幸せになりたいと願ったんだ。僕でなくとも水無瀬さんを幸せにする人が今後現れるかもしれない。そうなれば結局水無瀬さんは消えてしまう。

僕はどうすれば……。

「ちなみに私が月ちゃんの立場だとして言わせてもらうとね、私は幸せになれない長命より最高に幸せと感じられる短命の方を選ぶ。幸せになれない人生なんて、生きていても楽しくないじゃん。もし、この先私に幸せなことが無いのだとしたら、私はやっと再会できたお兄ちゃんと一緒にいられる間に、死にたいと思うな。また離れ離れになる運命が待っていて、私がその運命に屈しちゃうなら、私は今ここで死ぬことを選ぶよ。恋とかそういうのがまだ分からない私には、やっぱり居場所をくれた家族が一番だから」

「そっか……」

そう言い切れる潔さは、葵が真っ直ぐな人間という本質があってからこそ言えるんだと思う。そうでなければ数年も追っかけて兄と同じ学校に入学したりなんてしないだろう。

ずっと迷い続けている僕は、そんな葵を羨んでしまう気持ちも少なからずあった。

「それで、もう一度聞くけど、お兄ちゃんはどうしたいの？」

「僕は、水無瀬さんを大切にしたい」

僕は、また自分のせいで大切な人がいなくなってしまうことを何よりも恐れている。だから水無瀬さんと離れた。だけれど、そんなのは僕の自分勝手な考えだ。本当にすべきなのは、水無瀬さんが望むことなんじゃないか？

「だけど、それが僕には分からない。水無瀬さんの望むことをするのが大切にしていると言えるのか、水無瀬さんに長生きしてほしいと思うのが大切にしていると言えるのか」

「お兄ちゃん、怖いんだね、また失っちゃうかもしれないって思っているんだ」

「ああ。残される側だって、辛いんだ……」

「確かにそうだよね。私も辛い想いしたから。何かを選択するってことは、何かを捨てるっていうのと同じだから。でもね、今回の答えはもう出てるんだよ」

「答え……？」

僕がこの一カ月間考え続けて、それでも解けずに頭を抱えてきた問題に対して、葵は『答えは出ている』と即答した。それってどういう……？

「だって、今のお兄ちゃんも、最近の月ちゃんも、二人とも何かを無理に我慢して悲しそうな苦しそうな、そんな顔してるんだもん」

葵は以前の妹の葵とは思えない程、確かな説得力と力強さを持って、その答えを続けた。

「前はね、私もお父さんも、この本宮家から逃げ出した。それはこれ以上辛い思いをしたくないからって保身が理由だったけど、結局そんな逃げ道を選んでも辛くて辛くて堪らなかった。そんなふうに逃げ出してすっごく後悔した私だから分かる。今お兄ちゃんが何もせずにいたら、後悔するよ。それは自らの保身の為の偽善だから。お兄ちゃんは自分が傷つくのを恐れて月ちゃんと距離を置いている理由を正当化したいだけなんだよ」

「…………」

何も、言い返せなかった。

葵の言うことには全て覚えがあったから。

水無瀬さんの為だと決めつけて、自分が傷つかない道に逃げる、そんな思考にも心当たりがあった。

「何も難しいことなんて考えなくていいんだよ、お兄ちゃん」

「…………」

「お兄ちゃんは、ただ単純にどうしたいの？」

「……僕は——」

その先の答えに一抹の逡巡《しゅんじゅん》を置いて、息を呑《の》む。

僕の素直な願望を言うには少しの勇気が必要だった。

——無遠慮の四つ葉探し、だ。

そんな時、ふと場違いとも思える言葉が浮かんだ。

以前向井先生が僕に教えてくれた自作の座右の銘。意味は、遠慮なんてしない方が良い方向に転ぶかもしれない、だったか。

今になって何となく、その言葉の意味が分かった気がした。

自分の思い通りにやってみた方が、後悔が少なくなるかもしれない、そんなふうに。

その言葉が、今の僕への向井先生からの激励の言葉のように感じられた。

僕がしていたのは四つ葉探しのようなもので、そんな日常の中にある隠れた幸せを見つけることだったんだ。

そうして背中を押されて僕は。

「——僕は、水無瀬さんと一緒にいたい」

言葉を紡いでいた。

「もっと一緒にいて、色んな世界を見せてあげたいんだ。この世界は美しいんだよってことを、これでもかってくらい伝えたいんだ」

僕は水無瀬さんに消えてほしくない。でも会えないのだって嫌なんだ。だったら、会えるだけ会って、消させない方法を見つけてやる。

「よし、よく言えたっ！」

「……ありがとう、葵」

「いえいえ、このくらい親子丼三杯でいいからね」

「ああ、分かった、今度また作ってやる」

「やったぁ！」

僕がしたいこと、するべきことは分かった。後は行動にするだけだ。

水無瀬さんに会いに行って、まずは謝ろう。僕はそう決めた。

「大丈夫だよお兄ちゃん。幸せになればなる程消えていくなんて絵空事みたいな話、おとぎ話のような冷めやらぬお兄ちゃんの愛で吹き飛ばしちゃえば良いんだから！」

「またむちゃくちゃなこと言って」

「えへへ」

でも、ふざけているようで自信一杯な葵の言葉は、今の僕にとっては何よりも心強いものだった。


僕は約二カ月振りに病室の扉を開けた。

「失礼します……」

水無瀬さんは相変わらずベッドにいたけれど、以前僕が来た時とは違って横たわっているわけではなく、背を壁に預け座っている状態だった。そんな彼女の手元にはスケッチブックが握られ、水無瀬さんは僕が病室に入ってきた時に目を丸くしながらも、そのスケッチブックにひと筆走らせると、それを僕に見せてきた。

『こんにちは。本宮くん』

そう書かれた文字が見えた。

僕が来ていなかった間に、現実は更に彼女を消そうとしていたのだと痛感した。

「こんにちは。水無瀬さん」

『ううん、前みたいに、月って呼んでほしいな』

僕は水無瀬さんが、いや月が望むのならと、これからは下の名前で呼ぶことにした。

「遅くなってごめんね、月」

『本当だよ。ずっと待っていたんだから』

二カ月振りの月の笑顔だった。

この笑顔がこんなにも愛おしいものだということを僕は知らなかった。

きっと僕はそんな彼女の笑顔が大好きなんだろう。

月の最期の時までこの笑顔を咲かせ続けようと僕は自分自身に誓った。

そして十一月三十日。月はとうとう体の感覚のほとんどを失った。

――パリンッ。

病室の床に割れたコップの破片が飛散した。

僕の渡したコップをうまく握れずに月が落としてしまったのだ。

「気にしないでいいよ。ほうきとちりとり借りてくるからちょっと待ってて」

声のない月は、言葉の代わりに眉を八の字にして困ったように笑った。その手は酷く震えていた。

僕はそんな笑顔が見たいわけじゃない。前みたいに自然と笑う顔が見たいんだ。

病室から出た僕は何もかもを諦めたかのように笑う月を見て、溢れ出す悔しさを抑え切れなかった。その悔しさのあまり、唇を強く噛み締めた。

痛い。

僕の感覚は痛覚を持ってして警鐘を鳴らす。しかし、僕は力を緩めない。もしも月が僕と同じことをしても、彼女は痛いとすら感じないのではないか、そう思ってしまったから。たとえ痛覚だとしても月が人として存在している証拠が欲しかった。

僕は一番近くにいながら月のことを何も知らない。どれだけ辛い思いをしているのか、今何を望んで息をしているのかを、何も、知らない。その事実が何よりも悔しかった。

色を失い、声を失い、感覚までもを失った。そんな彼女は、あまりにも儚い。

存在が儚すぎた。

「お兄ちゃん！　口から血が出てるよ！　どうしたの」

「ああ、大丈夫だよ。ちょっと切っただけだから」

「ならいいんだけど……。でも顔色も悪いよ？　月ちゃんのことは私が看とくから、お兄ちゃんは帰って一度しっかり休みなよ」

僕は十二月に入ってから、学校にも行かずに月の傍に居続けた。病院の人は月には手の施しようが無いから、居たいだけ一緒に居てあげてと言ってくれた。誰もがもう月には時間がないことを分かっていた。きっと今年の最後、十二月三十一日を過ぎた頃には、月はもう……

「いや明日はクリスマスイブだから、一緒に祝いたいんだ。休むにしてもクリスマスが過ぎてからだよ」

そして僕は三週間もの間、病院で寝泊まりをしていた。月に何かあってからでは遅いから、なるべく一緒にいるようにした。それは会えなかった二カ月間を埋めるように、ただひたすらに。

その為、僕は十二月に入ってからの三週間、まともな睡眠を一度も取っていなかった。

「……じゃあ、クリスマスが終わったらちゃんと家に帰ってしっかり休息を取ってね。

月ちゃんも心配してるみたいだからさ。その間は私がずっとここにいるから安心して」

「分かった。いつもごめんね、葵」

「ごめんじゃなくて、ありがとうって言ってよ」

「うん、いつもありがとう」

「それでよし。あと、ちゃんと口切ったところ消毒してきなよ。何か取りに行こうとしてたんでしょ？　私が行くから、お兄ちゃんは消毒してきて」

いつの間にか葵は僕よりもずっと頼りがいのある妹になっていた。

葵がいなかったら僕はここまで頑張ることができなかったと思う。

僕も、もっとしっかりしないとな。

「じゃあ任せるよ。コップ割っちゃったから、その片付けをお願いしてもいい？」

「了解。任せておいて」

そう言う葵の顔も、疲労を隠し切れていないことを僕は知っていた。

本当にいつもありがとう。そう、心の中で感謝の意を述べた。

十二月二十五日。クリスマスがやってきた。

昨日のクリスマスイブは葵も含めて、僕と月と葵の三人で軽いパーティーを病室でやったのだけれど、今日はクラスの友人との付き合いもあるとのことで葵はいなかった。だから今は僕と月の二人きりだった。

「今日は何したい？　クリスマスパーティーは昨日やったけど、今日も二人でやる？」

『今日はゆっくりしていたいな』

月は時間をかけて、握るペンを何度も落としながら、スケッチブックにそう書いた。

その拙い文字を見ると毎回胸が苦しくなる。

「分かった。そうしよう」

僕は月の手を握る。小さな手には確かな熱を感じられた。

『私、浴衣を着てみたい……』

「浴衣？」

そう訊くと、月は病室の端に置かれた紙袋をゆっくりとした動作で指さした。

それは僕が以前、花火大会のあった日に月に着てもらいたくて、葵から借りた浴衣だった。

『それを着て、外で私を描いてほしいの』

「……分かった、病院の人に言って外出の許可を貰ってくるよ」

外出の許可はすんなりと出された。

「あら、月ちゃんは浴衣も似合うのねぇ、とっても綺麗！」

浴衣の着付けを手伝ってくれたナースの高岡さんは手放しに月の浴衣姿を褒めた。

染めていた髪は今では白に戻っていて、そんな白銀の髪と白を基調にした瑠璃色の花柄模様と藍色の帯の浴衣姿は、雪景色に広がる透き通る夜空のようで、そんな景色を照らす満月のようで、僕が見惚れてしまうには十分すぎる魅力を備えていた。

『本宮くん、どうかな？』

「とても綺麗だよ」

そう素直に感想を述べると、月は少し赤らめながらも、満足するように微笑んだ。

「あらあら、おばさんはお邪魔かしらね」

「高岡さん、着付けありがとうございました」

茶化すように言って病室を出ていく高岡さんにお礼を言うと、僕らも移動した。

車椅子に浴衣姿の月が座っている姿が目新しいのか、廊下ですれ違う患者やナース達は、僕と月に注目を集めていた。

そんな人目から逃げるみたいにエレベーターに駆け込み、上の階へのボタンを押す。

到着した階に出てみると、そこには薄っすらと粉雪が舞っていた。

「雪か……」

僕らが外出許可を得たのは、この病院の屋上だった。普段は開放していないので、僕ら二人の貸し切り状態だ。

「月寒くない?」

『うん、大丈夫だよ』

感覚をほとんど失ったことによって、気温の変動も感じ取れなくなってしまった月は、浴衣姿でも寒くはないようだった。

ただ、寒くはないと言っても風邪はひいてしまうかもしれない。

早速僕は、雪で濡れないところに移動して、スケッチブックを開いた。

「月も、濡れないようにこっちに来なよ」

そう声をかけるも、月は首を横に振った。

雪と共に描いてほしいということなんだろう。

それ以上は何も言わず、僕はスケッチブックに鉛筆を走らせ始めた。

車椅子に座っている月も、どうやら口代わりのスケッチブックを持ってきていたようで、描画会中に僕と何か話そうとしているみたいだった。

『本宮くんは、生きるってどういうことだと思う?』

月の書いた最初の一文は、今の僕にらは重く容易には答えられないものだった。

「生きること、か……」

『私は、生きることって、誰かに存在を認識されることだと思うの』

月は懸命に鉛筆を走らせる。そんな月の言葉を待っている時間が、僕には月の言葉を吟味する時間となり、やけに深く、その言葉の意味を考えてしまう。

『誰かに私という存在を認識してもらって初めて、私はここに生きているんだって言えるんだと思うんだ。本宮くんが私を大切にしてくれているように、誰かに存在を認められ、心を通わせる実感を得た時に生きているんだと実感できるから』

「生きている実感……」

長い時間をかけて、月は一つ一つしっかりと文字を並べ、それを僕に見せてくる。

それこそ、これが私からの言葉なんだぞと、水無瀬月という人間の存在を認識させるように。

『以前の私は生きてすらいなかったんだよ。仕事相手としてしか私を認識してくれなかった両親しか、私の周りにはいなかったから。だから画家としての私しか認識してくれていなかった……』

「…………」

『私を生かしてくれたのは本宮くん、あなたなの。私が本宮くんの絵を初めて見た時、本宮くんが私という存在を初めて個人として認識してくれた時から、人としての、女の子としての私の時間は動き出したの』

しかし『でも』と小さく書かれた文字を、僕は見逃さなかった。

月はその次に言うべき言葉を探しているようで、僕は急かすことなく言葉を待った。

『ううん、だからこそ、私は消えてしまうのが何より怖いと思ってる……』

「消えてしまうって……」

それは、願望を叶えた代償の話だ。

例のカフェでの記憶は忘れさせられている筈なのに、いったいどうして。

『私は存在を失っていく反面、なぜか忘れていた筈の記憶だけは思い出せるようになってるの。私は幸せになればなる程、消えていってしまうんだよね？』

「それは……」

『気に病まないでね。私は本宮くんと出会えて本当に良かったと思っているし、幸せだと思える今が大好きだから』

「…………」

『ただ、それでも、やっぱり消えるのが怖くって。死ぬのよりもずっと怖いの。誰からも認識されなくなって、私がいたんだという形跡さえも無くなってしまいそうで、最初からいなかったことになってしまいそうで、そうなるのがとても、怖い……』

存在が消えるということを深く考えたことがなかった。死と存在が消えるのは無意識のうちに同義なのだと決めつけていた。でも、月は文字通りの消えるという意味で考えていて、そんな彼女の気持ちを察するのすらも、今の僕にはできなかった。

だから、こう言ったんだろう。

『いつか私という存在が消えて無くなると言うのなら、いっそのこと死んでしまった方がいいのかもしれない、なんて考えてしまうの』

「自ら死ぬなんて、それは駄目だ……」

『駄目だってことくらい分かってはいるよ。でも消えて無かったことにされるくらいなら、誰かに認識してもらっているうちに死んでしまって、その後もその人の心に残り続けた方がずっと良いんじゃないかって』

そう言う月は、泣いていた。涙を失いながらも、確かに泣いていた。

誰からも理解されない孤独の中で。

死を選んだ方が良いんじゃないかと本気で思ったその心の内で。

そうか、もう君は涙も流せないんだ。

涙のように見えるそれは、舞い散る雪の跡で。瞳から流れているわけではないけれど、僕にはどうしてもそれが涙に見えてしまった。

「自殺なんて、人の心に残るものは悲しみだけだよ……」

『なら、消えて誰からも認識されなくなって、いなかったことになってもいいというの？』

「そんなこと言うわけない！　僕は絶対に月を忘れない。忘れたりするもんか」

『そんなに言うのなら、本宮くんが私のことを殺してくれるの……？』

と、書かれた紙を見て、僕の口は一瞬にして閉ざされた。

『冗談だよ、ごめんね……』

「…………」

今の言葉は本心なんだろうか。

とても冗談とは思えないその表情に僕は何も言えなかった。

『確かに消えるのは怖いけれど、私は平気だよ。本宮くんが傍にいると言ってくれたから。もし消えてしまったとしても、覚えていてくれるって信じているから』

月の表情や言葉が、その全てが僕の心を穿つ。

月が死ぬくらいなら、僕が死んでしまいたい。そうとすら思った。

君がいない世界なんて考えられないから。

そんな世界がこれからも続いていって、そこで僕が生き続けていくなんてあんまりだから。

一緒に死のうか。そう言いたかった。

「ごめん月、今日はもう描けない」

僕の手はすっかり止まっていた。

せっかく浴衣姿の月を絵として留めておけると思ったのに。

僕の手元に描かれていたのは、車椅子に座り力なく笑う色の欠けた月だった。

僕はもう、鉛筆を走らせるのを放棄していた。

そんな様子の僕を気にしたのか、なけなしの力で月は車いすを進め、僕に近づいてきた。

そして、再び立て続けに口代わりのスケッチブックを見せてきた。

『今まで、たくさんたくさんありがとう、本宮くん』

『あなたと出会えて、私はとっても幸せだったよ』

『もう思い残すことは、何も無いよ』

と。

終わりに続く言葉の羅列を、僕は見た。

そう言う彼女の表情は、終わりを受け入れた、穏やかな表情だった。

消えることを恐れ、死すらも救いだと言った月の決意は、どこまでも静かで穏やかだった。それは頭上に揺らめく満月のように。

「……っ」

月が消えてしまう。そう実感させるような言葉を前に、僕の目尻から一滴の雫が伝った。

消えてなんかほしくなかった。

ずっと一緒にいたいと思った。

大切にし続けたいと願った。

そんな僕の気持ちが叶わないと悟った、どうしようもない涙だった。

ストンッ、と、僕の脚から力が抜けて跪《ひざまず》く。

僕は泣き顔を見られないように、月の存在に縋《すが》るように、月の膝元に顔を押し付けみっともない泣き声を聞かれないようにと、声を殺して泣いた。

我慢してきた物を思い切り流した。

その間、月はぎこちない手つきで僕の頭を優しく撫でていた。

頭から伝ってくる温もりが耐え難い程に心地が良くて、僕の意識は遠のいていく。

疲労と睡眠不足の限界だった。

視界は漆黒に包まれ、意識は微睡みの中へ。


――夢を見た。

僕の記憶であって、僕の記憶には無い、そんな夢を見た。

ある一人の少年が、ある一人の少女に出会って、恋に落ちる、そんな話だった。

少年は、思いを寄せていた少女が治らない病にかかったと知る。その少女を救う方法はただ一つ。少女を幸せにすることだった。しかし、現実は残酷なもので少女は幸せになるにつれて病状は悪化していくばかりだった。救うのと病気を治すのは違うことだったのだ。

死して幸せにすることが唯一残された、少女が救われる方法だった。

結局少年は、病気で不自由を強いられた彼女を、幸せにすることを選んだ。

そして、その少女は、少年の腕の中で息を引き取った。

そんな話だった。

夢の場面は切り替わり、僕の意識は見覚えのある場所にいた。

これは、夢の続きか……？

コーヒーの香りが漂う、落ち着いた場所だった。

「お久し振りです。本宮さん」

マスターは僕を今までにない穏やかな口調で呼んだ。

「マスター、ここは？」

夢の中で自我を保って会話ができている。

これがいわゆる明晰夢《めいせきむ》というものなんだろなと思った。

「もちろんカフェですよ」

「でも、いつもと雰囲気が違うような気がして」

いつも嫌な程感じていた不気味さというものを微塵《みじん》も感じない。店の内装は変わっていないのだが、照明は点いておらず、窓から射し込む朝日だけがその場での明かりの頼りで、店内を温かく照らしていた。客は相変わらず僕一人で、でもそんな状況だからか、どこかノスタルジックな気持ちになった。

「ここは私の記憶の中であり、本宮さんの夢の中でもあります」

「よく分かりません」

夢の中というのは分かる。でも、他人の記憶の中というのは理解し難かった。

「ここに来る前に何か他の夢を見ませんでしたか？」

「あ、はい。報われない恋愛ドラマみたいなものを」

「恋愛ドラマ、ですか。それは笑ってしまいますね」

「それがどうかしたんですか？」

「ここはその夢の続きのようなものです」

マスターはそう言った。

「でも僕が何でそんな夢を？」

「はい。それはデジャヴみたいなものだと考えていただければいいかと。夢のようでいて現実的、これから起こるかもしれない可能性です」

漠然とした夢だったのは確かだ。

しかし、その夢には確かに覚えがあった。最後少女が息を引き取る場面以外は僕が体験したのとほとんど同じだったから。

「それって……」

「ええ、あなたと同じような道を辿った人が、他にもいたということです。私は今まで何人もの人生の漂流者を見てきましたからね。そういう人もいるということです」

「その人は、どうしたんですか。少女を幸せにしたってことは、その子は消えてしまったんですか？」

「結論から言うと、どうにもならず少女は亡くなりました。少女は水無瀬月の症状と似ていても、原因は代償ではなく病でしたから」

「どうしてそんな話を夢として僕に見させたんですか。僕が今更何を聞いたって、月は戻らないんですよね」

「本宮さんに、悔いを残してほしくなかったからですよ」

「え？」

「彼は言ったんです。僕はずっと後悔していたと。少女に言うべきことを言えないまま失ってしまったと。だから、僕と同じような経験をしそうな人がいたら助言をやってくれと、そう言われているんです。これも彼の願望の一部ですから」

「ええ。いくら想っていようとも、言葉にしなきゃ伝わらないものです。そして、その人が存在することで初めて伝えられる。だから、言える時に言えないと間違いなく後悔を残すのだと、彼はいつも言っていましたよ。彼は後悔を残したくないと、ここに来てまで願ったのですから」

「言うべきこと……？」

このカフェにまで迷い込む程、どうしようもない後悔。

そんなものを残したままさよならなんて言えない。

僕が彼女に伝えるべきこと、伝えたいこと。

しっかり考えないと。

「そういえば本宮さん、おそらく以前この店に訪れた時、コーヒーを飲まなかったのではありませんか？」

「はい。飲まなかったです」

「やはりそうでしたか、あなたのことを本宮さんだと気づいた時、まさかそうなのではないかと思っていたんです」

「でも僕、コーヒー飲まずにあのメニュー表が見えましたよ。そんなことってあるんですか？」

「それは、本宮さんが一度ここに来て願い事をしているからですよ。確かコーヒーが苦手でしたよね？　道理で飲まなかったわけだ」

マスターは愉快そうに笑った。

「もっとも、まだ本宮さんの願望は、叶っていませんが」

マスターは僕が以前もここに来て、何かを願ったと言った。

僕が昔家族を失い、絶望していた時期に、ここに迷い込んだことがあったんだろうか。

僕はそこで、何を願ったと言うんだろう。

「僕は……」

「何を願ったのか、ですか？　それは言えない決まりなのです。ただ、その願いが受理された以上、いつか必ず叶います。なので、そこは安心してください」

そういうことらしかった。

ただ、今の僕はそれを気にしている場合ではない。

僕が月に言わなきゃいけないこと。それを心の奥底から汲み上げて、言葉にする必要がある。

でも、そんなに深く考えずとも、僕の気持ちだ、僕が全て知っている。

僕は水無瀬さんを、笑顔にさせ続けることを選んだ。

なら、言うべきことは一つだ。

「さあ、もう夢から覚める頃合いです。後はあなた次第ですよ」

「うん。僕の言葉で伝えるよ」

ずっと前から気づいていた。

ただその大きな感情の本流に呑まれるのが怖かっただけで。

今では「伝えたい」と、心から思う。

——さあ、行こう。

どうしようもなく膨れ上がるこの想いを伝えに。

君という色を、見つけに——。

第六章　月と太陽

目が覚めると、僕の視界には見覚えのある天井が映った。

僕は自分の家の、自分の部屋の、自分のベッドで寝ていたらしい。しかし、僕は確か病院で月と一緒にクリスマスを過ごしていた筈だ。

屋上であんな話をしていた筈なのに。でもどうして僕は自分の部屋に?

机に置いてある携帯電話が点滅していた。

僕は起き上がり、ふらつく体を引きずって机まで移動した。

メッセージ一件。葵からだった。

【疲れきって眠っちゃってたお兄ちゃんを向井先生に頼んで家まで送ってもらいました。お兄ちゃん風邪ひいて熱があるみたいだからちゃんと寝ててね。葵より】

どうやら僕は熱があるみたいだ。言われてみれば、体は重い。

僕は【ありがとう】と返信して画面を閉じる……と、その時。

携帯の画面を閉じようと思ってホーム画面に移った時、時間と日付が目に入った。

時間は午後二時。そして、日付は十二月三十一日だった。

「え、どうして⁉」

僕は急いで病院に向かう準備をする。体がふらつくけれど構ってはいられない。

月末だ。月の身に何が起こるか分からない。

僕は家を飛び出しながら、立て続けに二本電話をかけた。最初はタクシーを呼ぶために。次は葵に電話をかけた。

「葵！」

「お、お兄ちゃん大丈夫？　ここ五日間ほとんど寝てたけど……」

「月の様子はどうなってる⁉」

「ゆえ？　誰それ？」

……どういうことだ。

「なら、葵は今どこにいる？」

「今は友達の家だよ。今日泊めてもらうんだ。友達と年を越せるなんて初めてだから今からウキウキしちゃって」

「病院はどうした？」

「病院？　さっきからお兄ちゃん何言ってるの？　ずっと寝てたから寝ぼけてるの？」

……………冗談だろ？

「ごめん、お兄ちゃんもう切るね。これからみんなで出掛けに行くみたいだから。ちゃんとご飯食べなよ。明日の夕方頃、様子見に家行くからね」

「あ、ああ…………」

どうなっているんだ。

とにかく今は病院に行くのが先決だ。

僕はタクシーに揺らされ三十分程で病院に着いた。

いつものように、いつも通りに階段を上り、303号室に向かう。

病室に着くと二回ノックして、僕が来たのを知らせる。

月が声を失ってからは声をかける代わりに、僕が二回、葵が三回、病院の人が一回と、ノックで誰が来たのかを分かるようにしていたのだ。

そして僕は眼前のスライド式のドアを開けた。

「……どうして」

いつも月が座っている303号室のベッドはもぬけの殻だった。布団は新品のようにきちんと畳まれていて、生活感など皆無だった。

「すみません！」

僕は月を担当していたナースの高岡さんに声をかけた。

「はい、どうされましたか？」

「303号室に入院している筈の水無瀬月さんは、どこに行ったんですか？」

「水無瀬月さん？　申し訳ありませんが、そのような名前の患者さんはこの病院にはいないと思いますよ」

「いや、あなたが担当していた患者ですよ！」

「私の担当する患者さんにそのような名前の方はいませんよ。あと病院内では静かにお願いしますね」

それは、いつもからかってくるような調子のナースとは考えられない程に、素っ気ない返答だった。どうやら僕のことも覚えてないみたいだ。

僕は逃げるようにして病院から出た。

幸せになりたいという月の願いが叶えば代償として月は消える。

その消えるという言葉の意味を、僕は今頃になって理解した。消えるというのは死を意味するわけではない。その存在の消失を意味するのだ。

病院の人も、そして友達である葵でさえも月のことを覚えていない、というより知らないみたいだった。月という存在がこの世界から消えていこうと、いなかったことになろうとしている。その事実は覆し難い程に本当だった。

ただ僕は、僕だけは、まだ彼女のことを覚えている。だとしたら月はこの世界からまだ消えてはいない筈だ。

僕は月を見つけるべく、街中を駆け回った。最初に向かったのは月がよく行っていたという高台。しかし月の姿はなかった。

それから思い当たる場所には全て行った。ショッピングモール、カラオケ、ゲームセンター、それから月のご両親のお墓や、月の家にも探しに行った。迷路のような住宅街も時間をかけて探し回った。閉まっている学校の中にも、一緒に相合傘をして帰った駅までの道も、月と一緒にいた場所全てを駆け回った。

でも、どこにも彼女はいなかった。

ただ、彼女と一緒に歩いた場所を通る度に、僕の中の思い出のフィルターから彼女だけが消えていってしまうようだった。

「このままじゃ駄目だ」

このままでは、マスターの言っていた人のように悔いを残してしまう。

葵にも向井先生にもマスターにも背中を押してもらったのに、それを無にするわけにはいかない。

月の最期に、僕が寄り添わないわけにはいかない。

だって、僕が、僕だけが彼女を幸せにできるから。最後の最後まで、僕が月を幸せにし通すんだ。

僕は長い時間をかけて、やっと自分の気持ちに答えを出せた。

どうしようもない程に膨れ上がるこの気持ちを、燻って高鳴るこの気持ちを、どうにかして君に伝えようと。

携帯で時間を確認する。今年が終わるまで、あと一時間を切っていた。

もう月は消えてしまったのだろうか。

そう考えた時、

――私はここにいるよ。

そんな月の呼ぶ声が聞こえた気がした。

声に振り向くと、視線の先には宵闇を照らす白銀の月。

その下には、あの高台が。

月、そこにいるのか……？

「今行くよ」

僕は満月が見下ろす夜の街を、再び走り出した。


「はあ……はあ……」

肩で息をしている。風邪がまだ治っていない体には、冬の寒空の下を走り回るのは毒だったみたいだ。更に熱が上がってしまっていた。もう倒れてもおかしくはない。

「はあ……。月、ここにいるんでしょう？」

僕は無人の高台に、出せる限りの声で彼女の名前を何度も、何度も呼んだ。

ベンチが二つ置かれただけの高台には僕の声だけが響いた。返事はない。

辺りをぐるりと歩き回りながら、名前を呼び続けた。

そして、高台の中央付近、以前ここに訪れた時に描いた絵の中の、月が立って街の景色を眺めていた場所の辺りに、他の場所とは異なる違和感を覚えた。それは温かみのある違和感だった。

僕はその違和感を覚えたところにゆっくりと手を持っていき、その違和感をしっかりと握った。すると、僕が握った指と指の間に、確かな感触があった。

「月、ここに、いるの？」

しかし返事は無い。ただ、僕の手は誰かの手によって握り返されているようだ。

僕はその手の位置を頼りに、握り返す相手がどこにいるか見当をつけた。

そして、僕は眼前の空間を、思い切り抱きしめた。

「うわっ」

懐かしい声だった。それは僕がずっと待ち望んでいた声。その声を聞いたのはいつぶりだっただろうか。

「月」

次第に腕の中にいる人物は、姿を現した。

抱きしめる僕の左手には髪の毛の感触が、右手には薄い腰が、あばらの辺りには女の子特有の柔らかな感触が、あった。

それは僕という一人の人間に認識されたからこそ実在したとでもいうような、儚げな存在ではあったけれど、確かに僕の求めた水無瀬月だった。

「……本宮くん」

「遅くなってごめんね」

「本当だよ。私ずっとここで待っていたんだから」

いつかも交わしたそんなやり取りだった。

抱きしめる力を緩め、月の顔を見ようとする。

しかしそんな僕の行動を月は許さなかった。

「離れないで……。離れると寒いもの」

病衣のままの姿の月はわざとらしく体を震わせた。

「でも、僕は月の顔が見たい」

「ううん、見せないよ」

「どうして？」

「泣いてしまうから。きっと」

「泣けるのは良いことだよ」

「でも、最後の時間くらい笑顔でいたいの」

泣いていても、気持ちが笑っていればそれでいい。そう思った。笑顔でさよならとはそういうことだろうと。

「このままじゃ笑顔も見えないって」

「……そう、だよね」

月は僕から一歩離れ、僕に姿を見せた。

——泣いていた。

けれど、涙は地に落ちる前に満月の輝きが反射して光って消えた。空中で流れ落ちる涙は消えた。涙の跡さえも残させまいと、世界が月の涙を消していた。

「私、全部思い出したの。自分がどうしてこんな状況になったのか、どうして本宮くんに出会えたのかを、思い出したの」

月はそう言った。もう、これ以上にない程幸せだから、もうすぐに消えてしまうと。そうなってしまう運命を思い出した、と。

「私はもう心から幸せだよ。もちろん今だって消えるのは怖いけれど。でもやっぱり本宮くんは私を見つけてくれる。だからいいの」

「でも、それでも、やり残したことは幾つだってある筈だよ。何か、やり残したことはない？」

僕は惨めだとしても、月がこの世界に残れるように、彼女の悔いを探してしまう。

「やり残したことかぁ……。やっぱり人間として、私が生きた証として、子孫を残したかったかな」

月は悪戯をするように、陽気に笑った。

「え、あ、いや、それは……」

「冗談だよ。ちょっとからかってみたくなっただけ」

「さすがにびっくりしたよ」

「ふふ。ナイスリアクション」

僕はこの笑顔さえも忘れてしまうのだろうか。もうすぐ、僕の記憶からも、月が消えてしまうのだろうか。

「何か最後に、私としておきたいことはある？　今ならどんなお願いだって、聞いてあげたいと思うの。だから、なにかあるかな？」

月へのお願い……。

一緒にやりたいことはやっぱりまだまだたくさんあるけれど、今ここで叶えられることと言ったら、僕はちゃんと月に僕という存在を認識してほしい。そう思った。

「なら僕の名前を呼んでよ」

「本宮くん」

「いいや、下の名前を呼んでほしい」

「本宮くんの下の名前って……？」

「何だと思う？」

「名前を当てるなんて難しいよ」

「きっと月なら当てられる筈だよ」

「なら……、私が月ということで、星、とか？」

「僕がそんな可愛らしい人に見えるの？」

「ううん、全然」

「だよね、僕もさすがに無いと思う」

「じゃあ、地球とか」

「もう人の名前っぽさまで消えてしまったね……」

「ふふ、地球くん、良いと思うけれど？」

「青くて美しい星という意味では良いかもしれないけれど、せっかくなら、僕はもっとスケールの大きくて、名乗ってみておかしくないのがいいな」

「それじゃあ……、太陽《たいよう》」

「うん、正解」

「……そっか、本宮くんって太陽だったんだね」

「そんなに大きな男じゃない、名前負けしてるとでも思った？」

「ううん、そんなことないよ。ちゃんと、月という一人の女の子を最後まで照らしてくれたもの」

「なら、良かった……」

「太陽かぁ……」

「そうだよ、僕は太陽、本宮太陽って言うんだ」

「少し驚いたよ」

僕が月の名前を聞いた時驚いたように、月は今僕の名前を知って多少なりとも驚いているみたいだった。

いつもからかってくる月に良い仕返しができたと、僕は笑みを溢した。

「ふふっ私達って月と太陽だったんだね」

「そうだね」

「では、太陽」

「……うん」

「太陽」

「うん」

「相容れない昼の太陽と夜の月、正反対の絵を描くところとか、花火大会の時や今みたいに一緒にいられないところとか、私達にぴったりだね」

それから月は覚悟したように、凛とした表情で言った。

「夜が明けたら月は消えてしまう。だから太陽が代わりにこれからの歩んでいく道を照らし続けていくんだよ」

「そんなこと僕にはできないよ」

「できるよ、きっと。私の毎日を、出会ったその日から照らし続けてくれていたんだもの」

月は何の憂いもなく言い切った。

確信的な輝く笑顔を湛えて。

「もうすぐ年が明ける……。これで私とはお別れだよ」

「そっか」

「うん」

僕はまだちゃんと伝えていないことがある。言わなくちゃ。

たった二文字の言葉がこれ程重いなんて。

「太陽、私はあなたと出会えたことで幸せになれたよ。この世界の誰よりも幸せだって、自信を持って言える。だから、太陽も幸せになってね。これが私の最後のお願いです」

突如、月の体が光った。淡い光を纏って、空へと少しずつ消えていく。

「私は消えて誰にも見えなくなってしまうけれど、でも、それでも傍で太陽を見守っているから。だからちゃんと約束守ってね」

最後のお願い。それは月の家で月の過去を聞いた時に、彼女が話をする為に提示した約束だった。破ってはならない約束。

──私のお願いを一つ聞いてくれると、約束してほしい。

と。

でも、そうは言っても、僕は君がいないと幸せになんかなれないんだ……。

「待って！」

僕は再び月を思い切り抱きしめた。

どこにも行かせないというように、ここにいてくれと請うように、思い切り、抱きしめた。

早く言うんだ。後悔の無いように、想いを伝えるんだ。

「僕は君のことが……っ！」

月の存在が薄くなっていることが嫌でも分かる。その存在は徐々に光へと変わって消えていく。

僕は、僕は、僕はっ。

──月のことが好きだ。

次の瞬間、月を抱きしめていた僕の腕は空をかいた。
僕から離れ、空に舞っていく光は、僕を笑顔で見守ってくれている気がした。
今夜の満月は強い輝きを放ち、美しく見えた。
でも、君は、満月よりももっと美しかった。美しく生きた。
「月が綺麗だ」
僕はもう一度、君のことが好きだという意味の言葉を呟いた。
君は僕の心に立ち込める闇を、月の光であるかのように照らしてくれた。
僕は君の曇った心の中に、陽の光を射し込むことができたのかな？
できてたら、いいな。

第七章　あの日の願いごと

その翌日から一週間程、僕は学校付近の病院に入院していた。

丁度病室に空きがあったおかげですぐに入院ができたらしかった。

僕は病院の近くで倒れていたらしい。当時の記憶は曖昧だけれど、葵が高熱で倒れている僕を見つけて病院まで運んでくれたという。

葵は友達と初詣に行っていたみたいだったが、勝手に足が病院の方へ向いて、何でか居ても立ってもいられなくて病院の近くまで来たらしい。

その病室はなぜか使い慣れていて、とても過ごしやすかった。ナースには「本宮くんまた来たのね」と名乗ってもいないのに声をかけられた。

僕は病人であるにも関わらず、なぜかベッドよりもベッドの隣に置いてある丸椅子に座っている方が落ち着けた。

そんな僕の病室は303号室だった。そう書かれた病室の番号見ると無意識に扉を二回ノックしてしまう。自分の病室なのに変な感じだった。葵もなぜだか三回もノックして病室に入ってくることがあった。

ともあれ、僕は無事に退院した。

それから、雪が降り、積もった雪は融けて、代わりに桜が芽吹いた。

季節は僕らを置き去りに、せわしなく過ぎていった。

出会いの季節を迎え、僕は高校二年生になった。

だからといって、友達ができることもなく、恋人なんて以ての外だ。学校で話すのはまた同じクラスになった葵くらいのもの。そんな僕はやはり毎日一人で絵を描いていた。

去年と同じように、僕の隣の席が空席だったわけではないけれど、癖なのか放課後には、クラスメイトが帰宅し空いた席を妄想しながら去年のように絵を描いていた。

僕の日常に足りない物を補うようにして、ただひたすらに描いていた。


そして、僕が二年生になって二カ月半が過ぎた六月下旬だった。

連日雨が続く中、その日だけは日差しが顔を見せ気分よく絵を描いていた。しかし、僕は間抜けなことに、絵を完成させる為の鉛筆を家に置いてきてしまった。せっかく西日が綺麗に見渡せるというのに。

僕は夕陽を描く乏しい機会を無駄にしない為に、鉛筆を借りに行くことにした。借りるといっても僕は友達がいないから、学校に借りるんだ。

僕は向井先生から預かっている鍵を持ち、美術室へ向かう。教室のドアは念の為ちゃんと閉めておいた。

二年生の教室と同じ階にある美術室に着くと、そそくさと鍵を外し、中へ入る。そこは以前とは違って清潔感の保たれた教室だった。年度が変わる際に向井先生が大掃除をしたらしい。

僕は整理された教室内を移動し、目当ての鉛筆を見つけるとそれを取り、美術室を出た。

来た道を戻り、教室の前に着くと、教室のドアが閉まっているのに違和感を覚えた。でも、出ていく時に閉めたのは僕だったと思い出して、気のせいだということにした。

僕がドアを開けると、一瞬人影が見えたような気がした。それは細いシルエットで、見覚えのある綺麗な形だった。でも実際には誰も教室にはいない。

考えるだけ無駄だと思い、僕は机に戻り、早く絵を描き終えて帰ろうと思った。

しかし僕は自分の描きかけの絵を見て唖然とした。

絵の中の少女は、学校の席がモデルだというのに制服ではなく、ワンピースを着ていたのだ。腰には青の大きな帯のようなリボンが巻かれていて、頭には麦わら帽子を被っている。帽子に隠れるようにして覗く髪の色は白色。

それは見事なまでに美しい少女だった。

――あれ？

何か大切なことを忘れている気がする。この頭の中の靄《もや》は何だろう。

――月のことが好きだ。

思い浮かんだ言葉を脳内で反芻する。もう、忘れてしまわないように。

「ゆ、え……？」

僕の記憶の中から一番思いの強かった単語を口にする。口がその単語を発することに慣れていくのが分かる。

僕の好きな人の名前は月。水無瀬月だ。

その時、机の端に落書きのようなものを見つけた。

机に書いた落書きにしては丁寧すぎる文字で記されたメッセージがそこにはあった。

この筆跡が実に彼女らしいなと、微笑んでしまう。

そこには、

「私もあなたのことが好きです」


そう、今左隣の空席から聞こえたように、そんな言葉が書かれていた。

「やっと会えた……。太陽」

僕が左隣を向くと、そこには絵の中の女の子が、僕の、好きな人がいた。

当たり前にように、ここにいた。透明などではなく、ちゃんと、ここにいた。

「遅いよ、月」

「ごめんね」

「会いたかったんだ、月」

「私もだよ。太陽」

ワンピースを着ている彼女は、僕をその透き通るような瞳で射抜くように見据えていた。それはまるで、僕の存在を確かめているみたいに。

目の前の少女の息づかい、仄かに感じる爽やかなシャンプーの芳香、僕を見つめる透き通った瞳。それら全てが確固たる存在感を僕に感じさせた。

月に出会い、共に過ごし、一喜一憂した時間の記憶が走馬灯のように蘇《よみがえ》る。

月との出会いから別れまでの記憶を全て思い出す。

それと同時に、あの日、僕が家族全てを失った彼の空白の時期に、例のカフェで『もう誰ひとり、大切な人を失いたくない』と願ったことすら、今ここで思い出した。

独りぼっちだった僕の願い事は、彼女にもう一度会わせてくれるという形で今叶ったようだ。

そうだ、僕はまだ月に返していないものがある。

僕はバッグの中からここには無い筈物を取り出した。

一年前にこのバッグに入れた時と同じ形状でそれは窮屈そうに仕舞われていた。

「月、今更だけど、忘れ物を返すよ」

「あ、麦わら帽子。太陽が持っていたんだね」

去年の今頃、僕と月が出会った日、僕の描きかけの絵の代わりに月が置いて行った麦わら帽子だ。

月は僕から一年越しの忘れ物を受け取った。

「ありがと、太陽」

月は受け取った帽子をいきなり僕の頭に被せてきた。僕の視界を奪うようにして頭というより顔面に被せてきた。

「お返し……っ」

そう言って、僕の視界を奪った月は、不意打ちの口づけをした。

僕の好きな人は、初めて出会った時とは違って心から笑っていた。

涙はなく、ただただ幸せそうに、笑っていた。

あの日の僕の唯一の願い事は、今ここで叶ったみたいだ。

エピローグ

「太陽、もっと右に寄ってもらえないかな？」

「はいはい」

何も言わず、僕は月の指示に素直に従う。

仕事モードに入った月は、人が変わったように急に怖くなるから。

今日は、月のお気に入りの丘の上で久々の描画会をしていた。

宵闇の中、凛と輝く真ん丸の月が舞い散る夜桜を照らしている景色は、何とも幻想的だ。月光が反射する桜の花弁が怪しく発光しているようで、確かにこれは絵になると、僕は頷く。

「もっと右に行ってね……ストップ！　それは行き過ぎ！　しっかりしてよ、太陽！」

「ごめんって」

「そのままじっとしていてね？」

あれから、月が帰ってきてから、三年が経った。

僕は絵の道に進むと決め、今は美術の専門学校に通っている。やはり色彩の無い絵は今のこの業界では難しいらしく、月と出会わせてくれたこの絵の手法を変えることはかなり躊躇《ちゅうちょ》した。けれど、色の使い方を月本人が教えてくれるというのだから、自分自身を変えてやるという意味を込めて、これから進んでいく時間に未来を込めて、僕は新しい道に進むことにした。

月はというと、自分と家族とを引き離した画家の仕事をまた一から始めた。やっぱり最初こそ、どうしようかと葛藤していたみたいだけれど、過去を引きずりたくないし、何より太陽がいてくれるからと、早くも僕の目指す憧憬の姿になってしまった。

まあ、そんな人から絵を学べている今の僕は、世界一の幸せ者なのかもしれないけれど。

僕の大切な人を失いたくないという願望は、月にもう一度会わせてくれただけでなく、月にとって不可欠な、視界の色までも戻してくれた。身体に及んだ影響である髪や肌の色は未だ戻ってはいなくて真っ白のままだけど、本人は「肌も髪も白い方が綺麗ですよね！」と言い切って悲観せず前向きにいる。だからもう、例のカフェでの願望から始まった悪影響はほとんど残っていない。

そうして、以前のように下を向いてではなく、前を向いて歩き出している。

「月はさ、今幸せ？」

月の歩んできた道は孤独を極め、一般的には幸せだと言える類のものじゃなかった筈だ。

「うん、とっても幸せだよ」

けれど、月は何にも臆することなく、今を幸せだと言い切った。

何人にも憚《はばか》ることはできないように、そう、強く言い切った。

「じゃあさ、月は平凡で長命な人生と、幸福だけど短命な人生だとしたら、どちらを選ぶ？」

「……そんなの決まっているよ？」

月は絵の具を走らせる手を止めて、僕の目を見据えると当たり前だというようにしたり顔で言った。

誰もが悩み、答えあぐねる半ば悪戯な質問に、月は堂々と、一抹の逡巡も見せることなく、言ってのけたんだ。

「両方だよ」

「え？」

「長命で幸せな人生を選ぶと言っているの」

「そんなむちゃくちゃな。僕はそんな選択肢を挙げてない」

「良いんだよ、そのくらいで」

「良いのか、そのくらいで」

「ええ。だってそう考えた方が、今を幸せに生きられるもの」

そういう彼女の表情には、これからの未来への希望に満ちた笑みが湛えられていた。

何の淀《よど》みもなく、ただひたすらに幸福と未来を望んで。

「太陽」

「どうしたの？」

「これから先もずっと、私の隣に……いてね？」

「あ、ああ。そのつもりだよ」

「ふふっ。なら、私はずっと幸せだよ。大好きな絵が描けて、大好きな太陽が傍にいて、そんな日々を重ねていければ私は何より幸せなの」

そんな、僕の口からは天地がひっくりかえっても出ることは無いだろう面映ゆい言葉を、月は紡いだ。

「太陽、顔を背けないで。もう少しで描き終わるから、じっとしていてほしいな」

「……ごめん」

僕の恥じらう気持ちなんか、お構いなしのようだった。

「その今描いている絵も、やっぱり展覧会とかに出展するんだよね……？」

月は画家の仕事を再開してからは、意欲的に積極的に取り組んでいる。それは良いことなのだけれど、僕をモデルにして描かれた物が展示物として他の人にも見られてしまうと思うと単純に恥ずかしかった。考えるだけで、顔の紅潮が頬の温度を通して分かるようだった。

「もちろんだよ」

筆を走らせる月の表情を見ていると、「私の恋人を、見てくれるみんなに自慢するの」

なんて言葉が続くような気さえした。

「でも、それなら作品の題名を決めないとな」

「それなら、実はもう決めてあるの」

「そうなの？」

「うん、この絵の題名はね——」

たった今でき上がった絵、夜桜が舞う中、僕に寄り添うように夜空を照らす満天の月が描かれた絵を僕に見せ、言った。


「——月と太陽」

あとがき

はじめまして。冬野夜空です。

まずは『満月の夜に君を見つける』をお手に取っていただきありがとうございます。

あなたは『長命で平凡な人生』と『短命で幸福な人生』だったら、どちらを選びますか？

これは本作の問い掛けの一つですが、皆様はどちらを選ぶか決められたでしょうか。太陽や月、彼らは互いの成長を通してその答えを見つけられたようですが、執筆した私自身が答えを出せていません。私はまだきっと成長不足なだけなのでしょう。

ただ、こうも思うのです。実際には後者を選びたいのだけれど、死という未開であるが故に無限に広がる恐怖の前には、前者を選ばざるを得ない。だからこそ、私達は悲劇的で喜劇的なロマンチックを疑似体験する為に、小説を読んで実際には体験し得ない物語の中に浸るのではないかと。それが小説という物の在り方の一つなのではないかと思うのです。

幸せだとか、命の重さだとか、愛の力だとかを執筆を通じて語る気は更々ありません。ただ、執筆を通じて人それぞれにある『幸せの形』というものの例を、少し誇張して表現しているだけで。

そんな媒体として、この『満月の夜に君を見つける』が、皆様の人生の中で、幸せとは何かという哲学的な問いの解を導く為の手助けとなれれば、これ以上光栄なことはありません。


ここで本作品の裏話を。

本作のプロット段階では、妹の葵もヒロイン候補に挙がっていたのです。恋愛関係に発展させる為のなごりとして、作中に明記した葵と太陽は、血縁上はいとことという設定が残っていたりもします。あとは月が敬語口調であるという設定があったりもしたり。

そしてそして、『満月の夜に君を見つける』を書籍化するにあたって、編集さんからの書籍化打診のメッセージが来ていたのですが、当時の私はどうかしていたのか五カ月もそのメッセージに気がつかないままスルーしていたのです。メッセージに気づいた時には過去の自分を呪いましたね。

それらのことも含め、この場をお借りしてここで謝辞を述べさせていただきます。

まずは編集部の皆様、メッセージの返信を五カ月も遅れてしまい申し訳ありませんでした。また、そんなにも遅れた私を、快く迎え入れてくれて書籍化まで導いてくださったこと感謝してもしきれません。いつも親身になって作品に向かってくださり、勝手の分からない私を支えてくれた担当編集の中尾様。選考時に本作品を目に止めて企画を出してくれた編集の飯塚様。私の要望も反映してくださりつつ、幻想的で魅入ってしまう私の理想を遥かに超えるイラストを描いてくださった中村至宏様。ここで名前を挙げさせていただいた以外の方も含め、この作品に携わっていただいた皆様、本当にありがとうございます。

そして、この度本作品をお手に取っていただいた読者の皆様、改めて感謝申し上げます。

また次の作品で、あなたに会えますように。

これが、あとがきの最後の一文を『代償』とした、私のお願いです。

二〇一九年八月　冬野夜空

この物語はフィクションです。実在の人物、団体等とは一切関係がありません。

冬野夜空先生へのファンレターのあて先
〒104-0031　東京都中央区京橋1-3-1　八重洲口大栄ビル7F
スターツ出版(株) 書籍編集部 気付
冬野夜空先生

満月の夜に君を見つける

2019年8月28日　初版第1刷発行
2021年1月24日　　　第8刷発行

著　者　冬野夜空　©Yozora Fuyuno 2019

発行人　菊地修一
デザイン　カバー　徳重 甫+ベイブリッジ・スタジオ
フォーマット　西村弘美
D T P　久保田祐子
編　集　中尾友子
発行所　スターツ出版株式会社
〒104-0031
東京都中央区京橋1-3-1　八重洲口大栄ビル7F
出版マーケティンググループ　TEL 03-6202-0386
(ご注文等に関するお問い合わせ)
URL　https://starts-pub.jp/
印刷所　大日本印刷株式会社

Printed in Japan

ISBN　978-4-8137-0742-4　C0193

スターツ出版文庫　好評発売中!!

『ラストは絶対、想定外。～スターツ出版文庫 7つのアンソロジー②～』

その結末にあなたは耐えられるか…⁉「どんでん返し」をテーマに人気作家７名が書き下ろし！スターツ出版文庫発のアンソロジー、第二弾。寂しげなクラスの女子に恋する主人公。彼だけが知らない秘密とは…（『もう一度、転入生』いぬじゅん・著）、愛情の薄い家庭で育った女子が、ある日突然たまごを産んで大パニック！（『たまご』櫻井千姫・著）ほか、手に汗握る７編を収録。恋愛、青春、ミステリー。今年一番の衝撃短編、ここに集結！

ISBN978-4-8137-0723-3 ／ 定価：本体590円＋税

『ひだまりに花の咲く』　沖田《おきた》 円《えん》・著

高２の奏《かなで》は小学生の頃観た舞台に憧れつつ、人前が極端に苦手。ある日誘われた演劇部の部室で、３年に１度だけ上演される脚本を何気なく音読すると、脚本担当の一維《かずい》に「主役は奏」と突然抜擢される。“やりたいかどうか。それが全て”まっすぐ奏を見つめ励ます一維を前に、奏は舞台に立つことを決意。さらに脚本の完成に苦しむ一維のため、彼女はある行動に出て…。そして本番、幕が上がる――。仲間たちと辿り着いた感動のラストは心に確かな希望を灯してくれる‼

ISBN978-4-8137-0722-6 ／ 定価：本体570円＋税

『京都花街　神様の御朱印帳』　浅海《あさみ》ユウ・著

父の再婚で家に居場所をなくし、大学進学を機に京都へやってきた文香。ある日、神社で１冊の御朱印帳を拾った文香は、神だと名乗る男につきまとわれ…。「私の気持ちを届けてほしい」それは、神様の想いを綴った“手紙”だという。古事記マニアの飛鳥井先輩とともに届けに行く文香だったが、クセの強い神様相手は一筋縄ではいかなくて⁉　人が手紙に気持ちを託すように、神様にも伝えたい想いがある。口下手な神様に代わって、大切な想い、届けます！

ISBN978-4-8137-0721-9 ／ 定価：本体550円＋税

『星降り温泉郷　あやかし旅館の新米仲居はじめました。』　遠藤《えんどう》 遼《りょう》・著

幼い頃から“あやかし”を見る能力を持つ大学４年生の静姫《しずき》は卒業間近になるも就職先が決まらない。絶望のなか教授の薦めで、求人中の「いざなぎ旅館」を訪れるが、なんとそこは“あやかし”や“神さま”が宿泊するワケアリ旅館だった！　驚きのあまり、旅館の大事な皿を割って、静姫は一千万円の借金を背負うことに⁉　半ば強制的に仲居として就職した静姫は、半妖の教育係・葉室《はむろ》先輩と次々と怪異に巻き込まれてゆき…。個性豊かな面々が織りなす、笑って泣けるあやかし譚！

ISBN978-4-8137-0720-2 ／ 定価：本体610円＋税

スターツ出版文庫　好評発売中!!

『八番目の花が咲くときに』　櫻井《さくらい》千姫《ちひめ》・著

本当は君を、心から愛したいのに…。高2の蘭花は自閉症で心を読みづらい弟・稔《みのる》を持ち、周囲の目に悩む。そんなある日、彼に特別な力があると気づく。悲しみの色、恋する色…相手の気持ちが頭上に咲く“花の色”で見える稔は、ちゃんと“誰かを想う優しい心”を持っていた——。混じり気のない彼の心に触れ、蘭花は決意する。「もう逃げない。稔を守る」しかしその直後、彼は行方不明に…。物語のラスト、タイトルの意味が明かされる瞬間、張り裂けんばかりの蘭花の叫びが心を掴んで離さない!!

ISBN978-4-8137-0692-2 ／ 定価：本体550円＋税

『きみに向かって咲け』　灰芭《はいば》まれ・著

他人の感情に敏感で、言葉の中の嘘が見えてしまう女子高生・向葵《こうき》は、そんな“ふつうじゃない”自分に悩んでいた。ある日、1枚の絵をみるために訪れた美術館でひとりの青年に出会う。向葵とは対照的に、彼は他人の気持ちを汲み取れないと言う。「ふつうになりたい」——正反対なのに同じ悩みを持つふたり。この出会いが、運命を変えていく——。ふつうとは何か。苦しみの中で答えを探し続ける姿に、そして訪れる奇跡のラストに心揺さぶられ、気がつけば…涙。

ISBN978-4-8137-0691-5 ／ 定価：本体590円＋税

『狭間雑貨店で最期の休日を』　楪《ゆずりは》 彩郁《さいか》・著

生活費を稼ぐためアルバイト先を探す千聖が見つけたのは、1軒の雑貨店。平日はどこにでもある雑貨店だが休日は様子が違うようで…？　そこは、あの世とこの世の狭間に存在する店。訪れる客は、後悔を抱えたまま彷徨う幽霊。人の姿ではあるがなにやら訳アリな店長・雷蔵に見込まれた千聖は、彼らの未練解消を手伝うことになるが——。別れは、ある日突然訪れる。大切な人に伝えられなかった思い、今、私たちが届けます。「エブリスタ×スターツ出版文庫大賞」ほっこり人情部門賞受賞作！

ISBN978-4-8137-0690-8 ／ 定価：本体560円＋税

『死にたがり春子さんが生まれ変わる日』　葦永《あしざわ》 青《あお》・著

無気力に日々を生きている高校生の春子は、線路に落ちそうになった人を庇って命を落としてしまう。死後の世界で出会ったのは死神・薊《あざみ》。なんと春子は彼の手違いで殺されてしまったのだ。彼女はそのまま、この世に彷徨う死者を成仏させる死神の仕事を手伝うこととなり……。様々な死者の想いに触れた春子を待ち受ける運命とは——。感動のラストは圧巻！読後、きっとあなたの明日が生きる希望で満ち溢れる。「エブリスタ×スターツ出版文庫大賞」部門賞受賞作！

ISBN978-4-8137-0689-2 ／ 定価：本体610円＋税

スターツ出版文庫　好評発売中!!

『呉服屋の若旦那と政略結婚いたします』春田《はるた》モカ・著

東京で就活に失敗し、地元の京都に呼び戻された衣都。そこで待っていたのは、老舗呉服屋の跡取りで８歳年上の幼なじみ・志貴との政略結婚だった！　そして、いきなり１年間のお試し同居が始まる。４年ぶりの再会だが、愛情深い志貴との暮らしは心地よく、次第に衣都の心も解きほぐれていく。同時に呉服屋の仕事にも夢を見い出し、自分の居場所を見つけるが、やがて“政略結婚”の裏にある思いもよらない事実が明らかになって…⁉　一途な愛が織りなす、切なくも優しい物語。

ISBN978-4-8137-0693-9 ／ 定価：本体600円＋税

『きみに、涙。～スターツ出版文庫 7つのアンソロジー①～』

「涙」をテーマに人気作家が書き下ろす、スターツ出版文庫初の短編集。沖田《おきた》 円《えん》『雨あがりのデイジー』、逢優《あゆ》『春の終わりと未来のはじまり』、春田《はるた》モカ『名前のない僕らだから』、菊川《きくかわ》あすか『君想うキセキの先に』、汐見夏衛《しおみなつえ》『君のかけらを拾いあつめて』、麻沢《あさざわ》 奏《かな》『ウソツキアイ』、櫻《さくら》いいよ『太陽の赤い金魚』のじっくりと浸れる７編を収録。

ISBN978-4-8137-0671-7 ／ 定価：本体590円＋税

『拝啓、嘘つきな君へ』　加賀美真也《かがみしんや》・著

心の声が文字で見える——特殊な力を持つ葉月は、醜い心を見過ぎて人間不信に陥り、人付き合いを避けていた。ある日、不良少年・大地が転校してくる。関わらないつもりでいた葉月だったが、なぜか一緒に文化祭実行委員をやる羽目に…。ところが、乱暴な言葉とは裏腹に、彼の心は優しく温かいものだった。２人は次第に惹かれ合うが、ある時大地の心の声が文字化けして読めなくなる。そこには、悲しい過去が隠れていて…。本音を隠す嘘つきな２人が辿り着いた結末に、感動の涙!!

ISBN978-4-8137-0670-0 ／ 定価：本体600円＋税

『神様の居酒屋お伊勢　～花よりおでんの宴会日和～』　梨木《なしき》れいあ・著

伊勢神宮の一大行事“神嘗祭《かんなめさい》”のため、昼営業をはじめた『居酒屋お伊勢』。毎晩大忙しの神様たちが息つく昼間、店には普段は見かけない“夜の神”がやってくる。ミステリアスな雰囲気をまとう超美形のその神様は、かなり癖アリな性格。しかも松之助とも親密そう…。あやしい雰囲気に莉子は気が気じゃなくて——。喧嘩ばかりの神様夫婦に、人の恋路が大好きな神様、個性的な新顔もたくさん登場！大人気シリーズ待望の第３弾！莉子と松之助の関係にも進展あり⁉

ISBN978-4-8137-0669-4 ／ 定価：本体540円＋税

スターツ出版文庫　好評発売中!!

『初めましてこんにちは、離婚してください』　あさぎ千夜春《ちよはる》・著

16歳という若さで、紙きれ一枚の愛のない政略結婚をさせられた莉央。相手は容姿端麗だけど、冷徹な心の持ち主のIT社長・高嶺。互いに顔も知らないまま十年が経ち、大人として一人で生きる決意をした莉央は、ついに“夫”に離婚を突きつける。けれど高嶺は、莉央の純粋な姿に惹かれ離婚を拒否。莉央を自分のマンションに同居させ、改めての結婚生活を提案してくる。莉央は意識することもなかった自分の道を見つけていくが…。逃げる妻と追う夫の甘くて苦い攻防戦に、莉央が出した結論は…⁉

ISBN978-4-8137-0673-1 ／ 定価：本体590円＋税

『階段途中の少女たち』　八谷《はちや》紬《つむぎ》・著

何事も白黒つけたくない。自己主張して、周囲とギクシャクするのが嫌だから――。高２の遠矢絹は、自分の想いを人に伝えられずにいた。本が好きなことも、物語をつくることへの憧れも、ある過去のトラウマから誰にも言えない絹。そんなある日、屋上へと続く階段の途中で、絹は日向萌夏と出会う。「私はとある物語の主人公なんだ」――堂々と告げる萌夏の存在は謎に満ちていて…。だが、その予想外の正体を知った時、絹の運命は変わり始める。衝撃のラストに、きっとあなたは涙する！

ISBN978-4-8137-0672-4 ／ 定価：本体560円＋税

『太陽《ぼく》と月《きみ》の図書室』　騎月孝弘《きづきたかひろ》・著

人付き合いが苦手な朝日英司《あさひえいじ》は、ある特別な思いから図書委員になる。一緒に業務をこなすのは、クラスの人気者で自由奔放な、月ヶ瀬《つきがせ》ひかり。遠慮のない彼女に振り回される英司だが、ある時不意に、彼女が抱える秘密を知ってしまう。正反対なのに、同じ心の痛みを持つふたりは、“ある方法”で自分たちの本音を伝えようと立ち上がり――。ラストは圧巻！ひたむきなふたりが辿り着いた結末に、優しさに満ち溢れた奇跡が起こる……！　図書室が繋ぐ、愛と再生の物語。

ISBN978-4-8137-0650-2 ／ 定価：本体570円＋税

『あの日に誓った約束だけは忘れなかった。』小鳥居《ことりい》ほたる・著

あの日に交わした約束は、果たされることなく今の僕を縛り続ける――。他者との交流を避けながら生きる隼斗の元に、ある日空から髪の長い女の子が降ってきた。白鷺結衣と名乗る彼女は、自身を幽霊だと言い、唯一彼女の姿が見える隼斗に、ある頼みごとをする。なし崩し的に彼女の手助けをすることになるが、実は結衣は、隼斗が幼い頃に離ればなれになったある女の子と関係していて…。過去と現在、すべての事実がくつがえる切ないラストに、号泣必至！

ISBN978-4-8137-0653-3 ／ 定価：本体600円＋税

書店店頭にご希望の本がない場合は、書店にてご注文いただけます。